ジェイク・ラファ・ホルファート
オスカル・フィア・ホーガン
ジェナ・フォウ・バルトファルト
フィンリー・フォウ・バルトファルト
ミリアリス・ルクス・エルツベルガー

ブレイブ
フィン・ルタ・ヘリング

乙女ゲー世界はモブに厳しい世界です
THE WORLD OF OTOME GAMES IS A TOUGH FOR MOBS.
09

CONTENTS

THE WORLD OF OTOME GAMES IS A TOUGH FOR MOBS.

プロローグ

攻略対象の男子が女子になってしまった。

この事実を知ったのは、新学期を翌日に控えた男子寮の自室だった。

あの乙女ゲー三作目の攻略対象である男子の一人が、ゲームシナリオが開始する前に女子になってしまった。

頭では理解しているが、心の整理が追いつかない俺は【リオン・フォウ・バルトファルト】。

学生の身分でありながら、何故《なぜ》か嫌がらせで侯爵の地位を得てしまった男だ。

これも全て屑王《くずおう》ローランドが悪い。

悪いのだが、今はローランドのことを考えている暇がない。

何しろ、攻略対象である男子が女子になってしまった。

この一大事を引き起こしてしまったのが、前世の妹【マリエ・フォウ・ラーファン】と人工知能を搭載したソフトボール程度の大きさの球体【クレアーレ】だ。

春休み中、半ば強制的に実家で休養することになった俺に代わり、二人には学園での調査を任せていた。

あの乙女ゲー三作目についての情報を集めさせていたはずなのに、クレアーレが【アーロン】という男子生徒を実験と称して科学の力で女子生徒にしてしまった。

酷《ひど》いにも程がある。

何が酷いって、クレアーレがこの世界の人々を新人類の末裔《まつえい》として人体実験してしまったことだ。

クレアーレたち旧人類に生み出された機械たちは、魔法を扱える新人類を心の底から憎悪している。

こいつらに心があるのかは判断に困るが、とにかく俺も含めて魔法を扱える人類は嫌悪の対象だ。

俺の相棒である【ルクシオン】よりも穏便なクレアーレでも、このように人を人とも思わない行動に出てしまう。

それが怖さでもあるのだが――問題は性転換してしまった事実だ。

あの乙女ゲーの世界に、性転換の技術など存在しない――はずだ。

俺はマリエとクレアーレを学生寮の自室に招き、二人を前に椅子に座っている。

マリエは床に正座をし、クレアーレは床に転がり俺たちを見上げていた。

「さて、お前たちの言い訳を聞こうか」

冷淡な口調の俺を前にして、マリエは俯《うつむ》きながら震えていた。

俺の右肩辺りに浮かぶルクシオンが、この査問会を取り仕切る。

『男子を女子にした事実も問題ですが、攻略対象が一人脱落したのがいけません。同時に、この世界に存在するかも怪しい性転換を実行したのは大問題です』

アーロンを女子にしたことで、ゲームシナリオ的に攻略対象の一人が主人公の恋人候補から脱落したことが問題なのだ。

本人は中身が女性？　とにかく、男子が好きということらしいので、主人公である女子と恋仲になったのかは怪しい。

しかし、マリエたちのせいで可能性が一つ消えた事実に変わりはない。

もう一つはオーバーテクノロジーを披露したことだ。

この世界に存在しない技術を見せつけることになってしまった。

クレアーレの高い技術力を披露しただけ、では終わらない。性転換を希望する人が話を聞きつけ押し寄せる可能性もあるし、この技術を得ようとする人も集まってくる。

悪目立ちしてしまうのは、今更かも知れないが俺としては不本意だ。

クレアーレはルクシオンの問いに、あらかじめ答えを用意していたらしい。取り繕う様子も、戸惑う様子も見せない。

『攻略対象の一人が脱落した問題だけど、本人の好みを判断するに主人公ちゃんと恋人になった可能性は低いわよね？』

『認めます』

『次に性転換技術だけど安心して。一度きりしか使えないロストアイテムって説明しているわ。アーロン本人にもしっかり説明したわよ』

『まぁ、いいでしょう。ですが――』

ルクシオンがクレアーレの言い訳に一定の理解を示しつつも。

『――どうして事前に報告しなかったのですか？　実験対象を秘匿していたのも問題です。事前に知っていれば、止められた可能性がありますよね？』

余裕を見せていたクレアーレが、一つ目のような青いレンズをルクシオンから背けた。まるで後ろめたさを表現しているような動きである。

『そ、それは、マリエちゃんが思い出すのが遅くて』

責任を押しつけられると感じ取ったマリエが、顔を上げてクレアーレを睨《にら》みつける。

「私が思い出した時には手遅れだったじゃない！　あんた、私を売って一人だけ助かろうとするなんて狡《ずる》いわよ！」

『マリエちゃんだって私に口止め料を求めたじゃない！　共犯よ、共犯！』

口止め料？　気になってマリエを睨むと、俺の視線に気が付いて首をすぼめた。そして、冷や汗をかきながら言い訳をする。

「ち、違うの。兄貴、私の話を聞いて」

「聞いてやるよ。俺を納得させられたら許してやる」

「あ、あのね、クレアーレの奴がアーロンから性転換の代金を受け取ったの！　凄《すご》い金額で、それをどうするのかって聞いたら――」

『マリエちゃん酷い！　あの時は、フォローするからって言ってきたじゃない。代金の五割も手に入れたのに、それはないんじゃない？』

「五月蠅《うるさ》いわね！　私には生活費が必要なのよ！」

マリエを慕うカイルやカーラ、そしてお荷物の五馬鹿の面倒を見るために生活費を必死に稼ぐマリエの姿は涙を誘う。

いかん。同情している場合じゃない。そもそも、俺はマリエたち全員の面倒も押しつけられた立場になっている。

マリエが五馬鹿に苦しめられる姿は、明日の我が身だ。

俺はため息を吐《つ》いてから二人から詳しい話を聞くことに。

「いいから、春休み中に何があったのか詳しく説明しろ」

マリエとクレアーレが、チラリと視線を交わしてから春休みの詳細を語り始める。

「実は――」

◇

春休み中の学園は随分と静かだった。

廊下ですれ違うのは教員や学園で働く職員だけ。

実家に帰らず学園に残る生徒もいるにはいるが、その数は多くない。

クレアーレを連れたマリエは、掲示板が用意された廊下を歩いていた。

まるでお城の中のような廊下の壁に、掲示板が用意されて様々な書類が張り出されている光景はマリエにはどこか不思議に見える。

想像するファンタジー世界に、現実が入り込んだような違和感があった。

本来なら掲示板の前は通り過ぎるはずだったマリエだが、そこに見慣れた顔があれば足を止めて確認もする。

「兄貴が指名手配された!?」

掲示板に近付いて食い入るように見るのは、憎らしい兄――リオンの顔だった。それは共和国でラーシェル神聖王国と戦った際のものだろう。

捕らえた敵艦隊の司令官の横で、嫌らしい笑みを浮かべている写真を絵にしたものだ。制作者の心情もあってか、随分と悪役らしい顔をしている。

絵の下には金額が書き込まれているが、通貨の単位はディアではなかった。

クレアーレが青いレンズを光らせて、内容を確認する。

『あらあら、マスターも有名になったわね。王国の通貨なら五百万ディアの懸賞金をかけられているわよ』

マリエは五百万ディアと聞いて、すぐに日本円に換算する。

「それって五億じゃない！　兄貴に五億の価値もないわよ!?」

『マリエちゃんも酷いわね』

「どうするのよ。兄貴が犯罪者になるなんて」

リオンが犯罪者になってしまったと勘違いするマリエに、クレアーレが補足をする。

『これ、ラーシェル神聖王国の手配書よ。確かに向こうでは捕まるだろうけど、それだけ敵にマスターが脅威だって思われた証拠よ』

「そ、そういえば外国の文字で書かれているわね。でも、それならどうしてこんな場所に張り出されているのかしら？」

ホルファート王国の学園に、外国の手配書を張り出す意味がマリエには理解できなかった。だが、マリエたちの近くを男子生徒二人が通る。

立ち止まりはしなかったが、掲示板に視線を向けて会話をしている。

「リオン先輩、外国で指名手配されたのか。流石《さすが》だよな」

「五百万って凄いよな。もう外国でも有名人だ」

リオンが指名手配されたというのに、男子生徒たちはこの事実を好意的にとらえていた。

二人が離れていく後ろ姿を見ながら、マリエが首をかしげる。

「あの反応はおかしくない？　だって指名手配よ」

『外国から恨まれるっていうのは、それだけ活躍した証《あかし》みたいなものよ。騎士としては自慢になるわよ』

自国の騎士がこれだけ活躍したと自慢気に掲示板に張り出していると知り、マリエは理解できないという顔をする。

「転生してしばらく経《た》つけど、まだ理解できない文化が多いわね」

呆《あき》れながらリオンの憎らしい顔を見ているマリエに、ある人物が声をかけてきた。

「ちょっといいかな？」

声の主が誰だか予想がついているマリエは、小さくため息を吐いてから上半身だけを振り向かせる。

「あんた、また来たの？」

その男子生徒はマリエも見惚《みと》れるほどの中性的な美形だった。

肌つやが良く、唇は瑞々《みずみず》しい。

ムダ毛も処理されていて、髪にしても随分と手入れが行き届いていた。

マリエは美形の男子が大好きだが、前世の人生経験もあって目の前の男子が自分に——女性に性的な興味がないのを察してしまう。

その男子生徒を前にして、クレアーレは興味津々という声色を出していた。

『どうやら覚悟は決まったようね。でも——代金は用意できたのかしら？』

以前から顔見知りであるクレアーレは、男子生徒が持っている革製の旅行鞄《かばん》に青いレンズを向けた。

男子生徒が旅行鞄を前に出す。

「冒険者時代に手に入れたお宝を全て換金してきました」

床に置いて中身を見せてくる男子生徒に、クレアーレは満足そうに合格を出す。

『いいわ。それなら、次はこちらが約束を守る番ね。性転換可能なロストアイテムをあなたに使用してあげる』

クレアーレの言葉を聞いて、目の前の男子生徒は涙ぐむほどに喜んでいた。

「あ、ありがとう！」

その様子を見ていたマリエが、クレアーレに小声で話しかけるのは男子生徒に会話を聞かれないためだ。

「ちょっと、本当にいいの？」

『構わないわよ。マスターの許可はもらっているし』

「兄貴がそんな許可を出したの!?」

『こいつ、以前にリビアちゃんに手を出そうとした屑よ。そんな奴には何をしてもいいってマスターが言っていたわ』

マリエはこの話を聞いて、軽蔑した視線を男子生徒に向けた。

「あんた、恋人がいる相手に手を出そうとしたの？」

つい問いただしてしまうマリエに、男子生徒は後悔した様子で頷《うなず》く。

「――知っていたのか？　そうさ、わた――俺は最低だった。だけど、本当の自分の気持ちに気付いてしまったんだ」

「本当の気持ち？」

理解できないマリエに、クレアーレが男子生徒の心情を説明する。

『欲しくても手に入らないものは、汚したくなる気持ちってあるじゃない？　こいつもそうだったのよ』

マリエも何となく覚えがある。前世、どうしても手に入らなかったのは幸せな家庭だ。子供の内は良かったが、大人になって自分の家庭を持つようになるとうまくいかなかった。

だから、時々幸せそうな家族を見ると羨ましくて仕方がなかった。

自分が手に入れられないものを持っている人たちに、怒りを抱かなかったと言えば嘘《うそ》になる。

「――まぁ、気持ちだけは理解できるけどさ」

気持ちだけ。実際に行動しようとした目の前の男子生徒のことは軽蔑する。

男子生徒はそんなマリエの視線を当然だと受け止める。

「気持ちだけでも理解してくれて嬉《うれ》しいよ。でも、この願いだけはどうしても叶《かな》えたいんだ。俺は――私は女性になりたい」

覚悟を決めた男子生徒を前に、クレアーレが普段よりも大きな声で今後の段取りを説明する。

『いいわ。それならすぐに始めましょう。新学期までに終わらせないと、色々と面倒になるからね』

「ありがとう！」

男子生徒が満面の笑みを浮かべると、マリエがクレアーレを制す。

「ちょっと、そんなに簡単に決めていいの!?　一応、兄貴にも確認した方がいいわよ」

マリエはリオンに確認を取るべきだと言いながらも、男子生徒が用意した鞄いっぱいの大金をチラチラと見る。

『あら？　マスターには私の指示に従えと念を押されたわよね？』

「うっ!?」

リオンが実家に戻る前、マリエは何度もクレアーレの指示に従うようにと言われている。それはリオンが、マリエよりもクレアーレを信用しているからだ。

強く念押しされたこともあり、マリエはクレアーレに逆らえない。

『それに、今は連絡がつかないのよ。最近、通信の調子が悪いの』

「そ、そうなの？　それならしばらく待った方が――」

マリエの視線が大金に向いていることに気付いたクレアーレが、ある取引を持ちかける。

『私に従ってくれるなら、マリエちゃんにも分け前をあげるわよ』

「いいの!?　なら七割頂戴！」

流石に全部欲しいと言うのは気が引けたマリエは、結果的に七割を要求した。

そんなマリエにクレアーレは上機嫌だ。

『その図々《ずうずう》しい性格は嫌いじゃないわ。だけど、流石に欲張りすぎよ。四割渡すから』

「六割！　お願い、本当に生活が厳しいの！」

『いや、でも――』

「なら五割でいいから！　今回は半分で我慢するから！」

『は、半分で我慢って何!?　マリエちゃん、今回は何もしていないわよね!?』

「半分もらえば兄貴が怒ってもそれとなくフォローするからさ。ねぇ、お願～い」

甘えた声を出すマリエに、クレアーレは押し切られる形で納得する。

男子生徒の名前を聞いてマリエが絶叫するのは、術後三日経ってからだった。

◇

「――と、いうわけなのよ」

新学期を控えた男子寮の自室。

俺はマリエたちが春休みに何をしていたのかを聞いて、怒鳴り散らしたい気分になっていた。

だが、その前にどうしても確認すべきことがある。

「ちょっと待て。俺が指名手配って何だ？　俺が何をした？」

ラーシェル神聖王国から指名手配されたという話を知り、冷や汗が流れてくる。俺個人に懸賞金五億を用意するなど正気とは思えなかった。

マリエとクレアーレが顔を見合わせると、互いに俺を馬鹿にしたような発言をする。

「何をしたって言われてもね。ありすぎてどれがとは言えないわ」

『同感ね。ラーシェル神聖王国からすれば、マスターは憎くて仕方がないと思うわよ』

俺があいつらに何をした？

そこまで恨まれる謂《いわ》れはないと思ったところで、ルクシオンが呆れた口調で俺がしでかしてきたことを説明する。

『マスター、お忘れですか？　共和国でクーデター側を支援したのはラーシェル神聖王国ですよ。彼らの企みを阻止したのはマスターです。また、彼らが方針を変更して共和国の領地を得ようとした際に何をしましたか？』

ラーシェル神聖王国が共和国の土地を奪おうと艦隊を派遣してきたから、俺は穏便にお引き取り願うため――旗艦である飛行戦艦を奪ってやった。

それで旗艦に乗り込んでいた司令官を捕虜にして、共和国に突き出しただけだ。

後はアルベルクさんがうまく話をまとめてくれると信じている。

「司令官を生け捕りにしたな。あの時は穏便に解決しただろ？」

『マスターにとっては穏便でも、彼らにとっては屈辱でしたね。何もできずに司令官を奪われ、大きな被害もなく国に戻って恥をさらしたわけですから』

ルクシオンに同調したクレアーレも俺を責めてくる。

『クーデターを失敗させられて、艦隊戦でも屈辱的な敗北よね？　彼らにしてみれば、マスター一人に負けたようなものだからね』

穏便に終わらせたつもりが、相手にとっては屈辱だったようだ。

俺が声も出せずにいると、マリエが俺の様子を見ていられないのか視線を逸《そ》らしていた。

「――兄貴は懸賞金をかけられても仕方がないと思うの」

まさか懸賞金をかけられ、指名手配されることになるとは夢にも思わなかった。

命を狙われる危険に冷や汗を流していると、ルクシオンとクレアーレが急に周囲に一つ目を巡らせて警戒し出す。

先程までの緩い雰囲気は消えていた。

「どうした？」

ルクシオンはこれまでにない警戒心を見せている。

『学園に配置したドローンとのリンクが切断されました。途切れる最後の瞬間に確認したのは魔装の反応です。マスター、我々は妨害を受けています』

魔装と聞いて俺も視線が鋭くなる。

それはルクシオンたち人工知能と同様に、この時代に残っているロストアイテムだ。

ルクシオンたちが旧人類側の残した兵器なら、魔装は新人類たちが残した兵器になる。

言ってしまえば、ルクシオンたちにとっては敵である。

不安そうにしているマリエが、これまで遭遇してきた魔装を思い出しながら問う。

「魔装ってアレよね？　人に寄生して暴れ回る奴らでしょう？　そいつらがこの近くにいるの？」

窓から部屋の外に視線を向けるが、学園内の景色は先程と変らず穏やかな日常のまま。

とても危険な魔装が近くにいるとは思えない。

マリエの問いに答えるのは、周囲を警戒しているクレアーレだ。

『こちらを妨害するくらいに頭が回る魔装ってことよ。これまで遭遇してきた破片じゃなくて、コアが存在する本物の魔装になるわね』

マリエが首をかしげると、ルクシオンが魔装について説明する。

『魔装とは新人類たちが扱う鎧《よろい》です。その制御を補助するのが制御ユニットである生体コアです。この生体コアがない魔装は人に取り憑《つ》き暴走します』

完璧な魔装が近くにいると聞き、マリエが青ざめる。

「か、勝てるのよね？」

マリエの不安にルクシオンは、安易な希望は持たせない。

『敵次第です。ですが、こちらのネットワークを潰してきたとなると、魔装としてのランクはかなり高レベルと判断せざるを得ません』

魔装の中でもかなり強い奴が、学園内に潜り込んできたらしい。

厄介極まりない。

俺はルクシオンに今後について問う。

「その魔装の位置は特定できないのか？」

『現時点では何の情報もありません。ただ、学園内に入り込んだのは間違いありません』

「しばらくは不便なままか。色々と調べたかったのに」

あの乙女ゲー三作目のシナリオに向けて情報収集をしたかったのだが、これでは不便で仕方がない。

クレアーレは既に警備システムを見直していた。

『小型のドローンを大量に配置して、物量でカバーするしかないわね。それにしても、学園内に敵がいるなんて嫌な気分！』

魔装という新人類の遺物が学園に紛れ込み、クレアーレも腹立たしいようだ。

ルクシオンが俺に注意してくる。

『マスターもしばらくは単独行動を控えてください』

「俺はいつでも安全第一だから、今回は引きこもるさ。それにしても――」

『何か？』

「――いや、前世で課金アイテムの魔装も手に入れたな～って思い出しただけだ」

あの乙女ゲー一作目をクリアするために手に入れた課金アイテムは、俺の側《そば》にいる移民宇宙船ルクシオンともう一つ。

刺々《とげとげ》しい黒い魔装の鎧だった。

俺が前世の話をすれば、マリエも懐かしさから口を挟む。

「あ〜、あったわよね。私も少しだけ見たけど、刺々しくて可愛《かわい》くないから興味がなかったわ。大体、女子向けにあのデザインはないわよね」

男の子が好きそうなデザインだったから、マリエの意見も当然だろう。

俺が魔装を購入したという話にルクシオンが不機嫌になった。

『魔装を手に入れたのですか？　その選択は間違っていますよ。マスターは前世から大事な判断を間違えるようですね』

課金アイテムを手に入れたというだけで、ルクシオンはご機嫌斜めだ。

クレアーレも俺の判断に文句を言う。

『マスター、魔装だけはないわよ。お金の無駄になるから、課金をするならもう少し考えて決めた方がいいわよ』

ルクシオンもクレアーレも、新人類の遺物である魔装を酷く嫌っている。そのため、俺が少しでも関わればこの通りだ。

「二人揃《そろ》って、前世の話にネチネチ文句を言いやがって」

しかし、あの魔装らしき鎧――もしもあれがルクシオンと同じようにこの世界に存在するとしたら、かなり厄介なことになるだろう。

第01話 「第二王子」

入学式当日。

自室で鏡の前に立つ俺は、学園の制服に着替えながら慌ただしく話をする。

相手は俺の部屋を訪ねてきた王子様のユリウスだ。

忙しい朝に俺に呼びつけられ、本人は不機嫌そうに文句を言ってくる。

「入学式の挨拶を俺に任せるなら、前もって教えて欲しかったな」

在校生側の挨拶を学園側から打診されたのだが、面倒だからユリウスに丸投げしてやった。ユリウスは、俺の部屋で原稿を用意している。

「侯爵の俺より、お前の方が位《くらい》は上だろ？」

俺の近くにはルクシオンがいて、朝から色々と五月蠅《うるさ》い。

『マスター、ネクタイが曲がっています』

「あ、本当だ」

ネクタイを締め直しながら鏡越しにユリウスを見てそう言うと、本人は嫌々ながらも納得した様子を見せる。

「位だけなら確かに俺が上だが、実力や実績を考えれば学園側の判断は妥当だぞ。まぁ、お前はこの手のことが苦手そうだけどな」

何だかんだと言いながら、ユリウスとも二年近くの付き合いになっている。

出会った頃は、こうして気軽に話し合えるようになるとは思わなかった。

何しろ互いに嫌っていたからな。

「できる奴に任せる。効率的だろ？」

身支度を整えて振り返れば、ユリウスも原稿を書き終わっていた。

色んな場面で挨拶をする機会も多いユリウスは、この手のことに慣れているのがうかがえる。

「お前が言うと、面倒を他人に押しつけているようにしか聞こえないな」

「好きに受け取れよ。だが、春休み中の悪さをこれで許してやるんだ。少しは感謝して欲しいね」

春休み中にユリウスをはじめとした五馬鹿は、学園に損害を出してしまった。その請求書だが、正式にユリウスたちを預かる立場になった俺の所に来ている。

何が悲しくて、落ちこぼれた王子様たちの面倒を見なければならないのか？

「それを言われると俺も言い返せないな」

小さなため息を吐いて、原稿を折り畳み上着の内ポケットにしまうユリウスは残念そうにしている。

ただ、顔を上げると。

「やはり屋台から用意するべきだったな」

まだ諦めていなかったらしい。

「お前は串焼きにでも取り憑かれたのか？」

「取り憑かれたとは酷いな。魅入られたと言ってくれないか？　俺は串焼きを、マリエと同じくらい愛しているんだ」

串焼きを凄く愛していると言いたいのだろうが、今の台詞《せりふ》を聞いて俺は吹き出してしまう。前も聞いたが、今やこいつの鉄板で笑えるネタだ。

「マリエは愛で串焼きに並ばれたのか。今の話をしたら、きっと面白い反応を見せてくれるだろうな」

俺の右肩付近に浮かんでいるルクシオンも、一つ目を左右に振ってヤレヤレという動作を見せていた。

『これがかつて、将来を期待された王太子の姿ですか？　数年前は誰も予想ができなかったでしょうね。まぁ、本人は幸せそうですが』

俺とルクシオンの嫌みを聞いても、ユリウスは少しも動じない。

むしろ、串焼きに関しては誇ってすらいる。

「そうだな。確かに俺は、この世にかけがえのない存在を二つも手に入れた幸せ者だ。マリエと串焼きに出会わせてくれた存在に感謝しよう」

キラキラと輝くような笑顔を無駄に振りまくユリウスを見て、俺とルクシオンは顔を見合わせる。

「馬鹿って強いよな」

『嫌みも皮肉も通じませんからね』

◇

その頃。

マリエはカーラを連れて、校舎から入学式が行われる講堂に向かっていた。

渡り廊下を歩いている二人に、時折周囲から鋭い視線を向けられる。

どうしてお前らがこの場にいるのか？　そういった生徒たちの不満の視線だが、直接何かを言われることはなかった。

マリエたちを預かっているのが、侯爵に昇進したリオンというのも大きな理由の一つだ。

生徒たちから冷たい視線を向けられる当のマリエだが、今は大股で歩いている。

「何で私が怒られないといけないのよ！　制服を無断で改造したのは、あの三人よ!?　どうしても叱りたいなら、預かっているリオンに言うべきじゃないの？」

少し苛立《いらだ》っているマリエの機嫌を取ろうと、カーラが必死になだめる。

「仕方がありませんよ。バルトファルト侯爵を呼びつけて叱るのは、学園長でないと難しいですからね。それよりも、あの三人は初日からやってくれましたよね」

カーラもあの三人を思い出し、大きなため息を吐く。

やらかしたのはブラッド、グレッグ、クリスの三人だ。

共和国で少しは成長した三人だが、事前に制服を用意する際、何を思ったのか改造を施していた。

ブラッドはきらびやかに装飾された制服を用意し、グレッグはシャツや上着を肩まで露出するように袖を破いていた。

クリスは上着を法被のように改造し、三人揃って新学期初日から校則違反で呼び出しを受けた。

その際にマリエまで呼び出しを受けて、先程まで叱られていた。三人のために謝罪させられたマリエは、納得がいかないため腹を立てている。

「私はあいつらの保護者じゃないのよ！」

「お、落ち着いてください、マリエ様!?」

怒りで声が大きくなるマリエはカーラになだめられ、呼吸を整えるために立ち止まる。すると、何気なく向けた視線の先に、中庭の手入れをしている職員二人の姿があった。

マリエの視線の先に気が付いたカーラも、そちらを見る。

「新人さんですかね？」

「そうみたいね」

二人が視線を向けた先では、若い新人の職員が呆れた態度を見せるベテランに叱られている場面だった。

「もっと真面目にしてくれないかな？　君が手入れをした庭木を見てよ。どれも酷いじゃないか。もうここはいいから、草むしりでもしていてよ」

マリエも最初は可哀想《かわいそう》にと同情するが、若い職員の態度も酷かった。金髪の若い男なのだが、いかにもやる気がない。指導しているベテランを見下している態度を見せていた。

「これだけやれば十分でしょ？　もう上がっていいですか？」

「駄目に決まっているでしょうが」

不満そうな態度を隠さない若い職員に、ベテランは頭を抱えているようだ。これでは叱られている方に、マリエも同情できない。

先程まであの三人の保護者のように必死に謝っていた自分を思い出すと、余計に腹立たしく思えてくる。

それに、マリエから見ても中庭の手入れは酷かった。

「中庭の手入れなんて私でもできるわよ」

マリエが若い職員に腹を立てていると、カーラが留学していた頃を思い出したのか悲しそうに微笑《ほほえ》む。

夏場の草木が毎日のように伸びるのを思い出し、疲れた顔をしていた。

「あははは――本当に大変でしたよね。夏場とか、植物が元気になるから毎日のように庭の手入れをしないと、すぐに荒れちゃって。私、道具の使い方を一通り覚えましたよ。手も豆だらけになりました」

「私も同じよ」

あの程度自分でもできる――などという軽い気持ちで言っているのではなく、マリエは留学先で庭の手入れがいかに大変なのかを実際に学んできた。

本気を出せば、若い職員よりもまともに働けるだけの力量があっての台詞だ。

マリエは若い職員から視線を逸らして歩き出す。

「学園も人手不足なのかしらね？　前は職員だって選《よ》りすぐりだって聞いていたのに」

以前ならあのような職員は採用されなかったはずだ。

カーラが自分の予想を口にする。

「王国も大変な時期ですからね。色々と手が足りないんじゃないですか？」

自分たちが留学に出る前と、状況が変わりすぎていることにマリエは小さくため息を吐いた。

視線の先には、女子を引き連れた伯爵家の跡取りが威張り散らしながら歩いている。

「邪魔だ、退《ど》け」

「し、失礼しました」

男子生徒が堂々と学園を歩き、女子に対して横柄な態度を見せていた。女子たちは謝罪してすぐに道を空けている。

(私たちが一年生の頃は、こんなことなかったのに。変われば変わるものよね。まるでギャルゲーの世界みたい。知らないけど)

マリエから見て、男子の権力が強くなった今の学園は乙女ゲーではなく、プレイしたことはないが、ギャルゲーに見えてしまう。

(男子に都合がいい世界になったわね。兄貴なら喜ぶかしら？)

◇

退屈な入学式が終わり、新入生たちが講堂を出て行く中。

俺は婚約者の一人である【アンジェリカ・ラファ・レッドグレイブ】——アンジェに、左耳を引っ張られていた。

「痛い。痛いって」

ユリウスが在校生を代表して挨拶したのが許せないアンジェは、不満顔で俺の左耳を掴《つか》んでいる。

「殿下に譲るなら先に言え、馬鹿者が」

「いや、急に頼まれたから。こういうのは、前もって教えてくれないと困るし」

「私にも前もって相談して欲しかったな」

「ごめんなさい」

当日にみんなの前で挨拶をしろと言われても困る、と言えば【オリヴィア】——リビアも同意してくれる。

「いきなり言われると緊張してしまいますよね。でも、どうして急にリオンさんに頼んだのでしょうか？」

首を少しかしげるリビアも疑問に思ったようだ。

予想を立てるのは、三人目の婚約者である【ノエル・ジル・レスピナス】——ノエルは共和国出身だ。

立場としてはお姫様だが、育ちは一般人と同じだったので砕けた口調をしている。

髪型は右側にまとめたサイドポニーテールで、今は学園の制服姿だ。

「リオンが急に出世したから、学園も困ったんじゃないの？　ほら、伯爵のままならユリウス殿下でもいいけど、侯爵になったら〜って調整で揉《も》めたとか？」

貴族らしい立場やら色々と考えた結果、答えが出たのは当日だったと。あり得そうだが、そんなことで悩まれてもあまり嬉しくないな。

ただ、リビアは納得して手を叩く。

「あり得そうですね」

「でしょう！」

二人が仲良さそうに会話をしていると、不満そうなアンジェが俺をやっと解放してくれた。そのまま、今回の事情について教えてくれる。

「残念ながら外れだ。リオンを選んだ理由はユリウス殿下に任せたくなかったからだ」

赤くなった左耳を手で押さえながら、俺はその理由を尋ねる。

「あいつが馬鹿だから？」

「その意見には同意したいが、問題は別にある。あそこからこちらを見ている新入生が見えるか？」

アンジェが視線を向けた先には、講堂から出て行く新入生たちの最後尾から俺たちを見ている金髪の男子生徒がいた。

その隣には高身長で赤毛が目立つ生徒がいる。

「あの人たちって知り合い？」

ノエルに尋ねられた俺は、首を横に振る。リビアも同様だ。

アンジェだけは面識があるらしい。

「ジェイク殿下だ。赤毛の方は乳兄弟のオスカルだよ」

「殿下？　ユリウスの弟か」

ジェイク殿下の名前はマリエから聞いて知っている。あの乙女ゲー三作目の攻略対象の一人であり、マリエ曰くアウトロー的な王族だ、と。

だが、それよりも詳しい説明がアンジェから聞ける。

「ユリウス殿下から見れば、腹違いの弟君だ。王位継承権は現在第一位で、次の王太子最有力候補だよ」

リビアは疑問に思ったのか、すぐにアンジェに尋ねる。

「最有力候補？　あの、ユリウス殿下が廃嫡されたら、すぐに王太子になるんじゃ？」

「色々とあるのさ。それに、ジェイク殿下は野心にあふれる方だ。ユリウス殿下が王太子の頃から、王位に就くと吹聴《ふいちょう》したこともある」

ユリウスが次の王様だと決まっている頃から、俺が王様になる！　と言いふらしていたと？　随分と厄介な王子様だな。

ノエルがアゴに手を当てて納得していた。

「兄弟同士で争っているから、挨拶は避けたかったのね。――気にしすぎじゃない？」

答えに行き着いたノエルだが、学園側の配慮を気にしすぎだと言う。

俺も同意だ。兄弟喧嘩《げんか》に巻き込まないで欲しい。

「黙っていれば次の王様だろう？　別に本人も何か問題を起こそうとは思わないはずだよ」

俺がそう言うと、アンジェが視線を下げた。

「ジェイク殿下は王宮でも問題児だからな。それに学園は、この手の繊細な問題に触れたくないのさ。過敏に反応するのもこれが理由だ」

「えぇ～」

学園側も配慮するくらいに権力を持った問題児とか、厄介すぎて近付きたくないな。

そう思っていると、ジェイク殿下とオスカルが講堂を出て行く。

アンジェが俺に注意するのは、話題となったジェイク殿下についてだ。

「リオン、これからお前に近付いてくる者が増えるぞ。有象無象ならまだいいが、中には厄介な奴らも多い。下手な約束などは絶対にするなよ」

「名ばかりの侯爵に媚《こび》を売る奴とかいるのかな？」

ヘラヘラと笑って見せるが、アンジェの顔は真剣そのものだ。

「お前が名ばかりならば、王国の貴族は全て無能扱いになるな」

俺も不真面目な態度を改める。

「あ～、やっぱりこれから大変？」

俺の態度が改まったのを見て、アンジェは少しばかり顔つきを緩めてくれた。

「お前の苦手な上流階級の付き合いが桁違いに増えるからな。今後は無闇に相手に気を許すなよ。――私の実家も警戒しろ」

「アンジェの実家？　いや、レッドグレイブ家にはこれまでもお世話になっているよね？」

レッドグレイブ家を警戒しろと言うアンジェの真意が気になる。本来ならば、俺が頼りにするのはアンジェの実家であるレッドグレイブ家だ。

アンジェも何か証拠があって警戒しているわけではなさそうだが、それでも家族に不穏な気配を感じ取ったらしい。

「父上と兄上が何か企んでいる。何事もないならそれでいいが、私も絶対にないとは言い切れないからな」

自分の実家を警戒しろと言うアンジェに、ノエルは疑問を抱いたようだ。

「普通は逆じゃない？　リオンに家族に手を貸せって言う場面だと思うわよ」

すると、アンジェが腰に左手を当てて胸を張ると右手を胸に当てた。

「私はリオンの妻になる女だぞ。悪いがバルトファルト侯爵家の利益が最優先だ」

自信満々に、そして堂々と宣言するアンジェは相変わらず女性なのに男前だな。

それを聞いて、リビアがクスクスと笑う。

「つまり、リオンさんが最優先ってことですよね？」

リビアが話をまとめてくれたが、それを聞いた俺はどんな反応をすればいいのだろうか？

三人の何かを期待する視線が集まったので、俺は顔を背けて頭をかいた。

様子を見ていたルクシオンが、俺の態度に呆れている。

『ここで気の利いた台詞を返せないのが、いかにもマスターらしいですよ』

五月蝿い、黙れ。

むしろ、模範解答があるなら教えてくれよ。

◇

「何で俺は昼間からお前らと一緒にいるのかな？」

入学式が終わった午後。

本日は午後から自由時間であるため、俺は学生寮の裏庭に来ていた。

この場にいるのは俺とルクシオン——そして、マリエと愉快な仲間たちだ。

昼食に誘われたはずなのに、気が付けば裏庭に来ていた。

ユリウスがレンガを積み上げて作った炉に網を置き、その上で串に刺した肉や野菜を焼いている。

手慣れた手つきで鼻歌まで歌っていた。

「みんな、すぐに焼けるから待っていてくれ」

王子様が焼いてくれた串焼きを食べるとか、ある意味で贅沢《ぜいたく》かも知れないな。

ユリウスが焼いた串焼きを受け取り、趣味の悪い皿に盛り付けていくのは五人の中でも笑えない屑であるジルクだった。

「殿下、交代してはどうです？　それでは満足に食べられませんよ」

「気にするな。俺は串を焼いている方が幸せだ」

串焼きに魅了されてしまった王子様とか、見ていて面白いが関係者となれば話は別だ。どうやってまともな王子様に戻せば良いのか考えてしまう。

しかし、本当に嬉しそうに串焼きを焼いている姿を見ていると、このまま放置した方が本人は幸せなのかも知れないな。

制服を改造した馬鹿の一人、グレッグが鶏肉ばかりを選んで食べていた。制服は袖を破り捨て、ズボンは膝上辺りから破いてハーフパンツにしている。

筋肉が増量したため、動きやすい恰好《かっこう》を好んでいるのか？　それとも、鍛えた筋肉を見せつけたいのか？　理由はどちらだろうか？

「ユリウスが飯に誘うから、嫌な予感がしていたんだよな」

鶏肉ばかり食べているグレッグは、あまり嬉しそうにしていなかった。

それもそのはずだ。

ユリウスが飯の用意をすると、必ず串焼きを用意してくる。

本人は色んな種類を用意してくれるが、串焼きに変わりはない。

当然のように、マリエたちも飽きてしまっていた。

上着を法被のように改造したクリスは、捻《ねじ》りはちまきを頭に巻いている。串焼きの湯気で眼鏡を曇らせながら、食事をしていた。

「連日串焼きでは飽きてくるからな。殿下、せめて週に一回にしませんか？」

クリスがそのように提案すると、ユリウスは顔を上げて意外にも賛成する。

「そうか？　分かった。ならば、週に一回――串焼きじゃない日を設けよう」

「逆です、殿下。わざと間違えていませんか？」

クリスがユリウスの間違いを正しているが、俺はお前らの恰好こそ何かの間違いではないかと問いたい。

五人の中で一番派手な制服を着たブラッドは、いかにして串焼きを優雅に食べるか考えている。

「う～ん、もっと優雅に串焼きを食べられたら、僕の魅力はもっと――ふわぁぁぁ!?　制服にタレがこぼれた!?」

新しい制服を汚して嘆いているブラッドを無視して、マリエたちの方に視線を向けるとカーラと話している。

カイル――専属使用人のカイルは、今の学園には連れてこられないため、俺の実家に預かってもらっていた。

二人はこの場にいないカイルの話題で盛り上がっている。

「カイルがいないのは辛《つら》いわね。五人の世話を二人だけでしないといけないし」

マリエはタレを制服にこぼしたブラッドに、冷たい視線を向けている。きっと、洗濯が大変だとか、そんなことを考えているのだろう。

カーラも串焼きを食べながら頷いていた。

「でも、カイル君は親子水入らずでのんびりできますからね」

「そうよね。あ、この串焼きは今までで一番かも」

落ち込みながら話をしている二人だったが、マリエが食べた串焼きはおいしかったらしい。つい、口に出して感想を述べたものだから、ユリウスが喜んで反応する。

「マリエには最高の一本を用意したんだ。飼育小屋が撤去されたから、若鶏のジャックを今日絞めたんだ。やんちゃで可愛い奴だったよ」

家畜に名前を付けていたという事実に、全員の食べる動きが止まる。

俺もユリウスの話を聞いてドン引きしたが、代表して話をするのはマリエだ。

「ユリウス、家畜に名前を付けないでって言ったわよね？　あと、食事中に思い出話をしないで。食べ難《にく》いのよ！」

怒られたユリウスが反論する。

「いや、命を食べるということをみんなで一緒に学ぼうと――」

ユリウスの言い訳が終わる前に、この場に客が現れる。

「久しぶりですね、兄上」

乳兄弟のオスカルを連れたジェイク殿下の登場だ。

ユリウスが前掛けをした姿で、ジェイク殿下と向き合う。

「ジェイクか。今更俺に何の用だ？」

「用事などありませんよ。女如きで廃嫡された兄上に興味はない」

女如《ごと》きという発言に、ユリウス以外の男たちが今にも飛びかかろうとする。それを右手を上げて制したユリウス。

「相変わらずだな。だが、それならどうしてこの場に来た？　俺を笑いに来たのか？」

「それも面白いですが、俺が会いに来たのは別の人物ですよ」

そう言ってジェイク殿下が俺の前に来ると、獰猛《どうもう》な笑みと言えばいいのだろうか？　好戦的な笑みを向けてくる。

「何度かお目にかかっていますが、自己紹介がまだでしたね。俺は【ジェイク・ラファ・ホルファート】です。王位継承権は、そこの馬鹿を抜いて現在一位ですよ」

癖のある金髪をショートヘアーにした碧眼《へきがん》の男子は、絵に描いたような王子様だ。少し背が低く、生意気そうな顔をした美形である。

見た目通り言動も生意気そうな後輩だ。

ジェイク殿下が斜め後ろに控える男子に視線を向ける。

「こっちは俺の乳兄弟でしてね」

長い赤毛をポニーテールにした背の高い一年生は、しっかりした体つきをした真面目そうな男子生徒だった。

「自分は【オスカル・フィア・ホーガン】であります。以後、お見知りおきを」

不器用そうな挨拶をしてくるオスカルだが、こちらもマリエ曰く攻略対象の一人らしい。

二人に挨拶された俺は、ため息を吐いてから自己紹介をする。

「知っているかも知れないが、お前らの親父《おやじ》に無理矢理昇進させられたリオンだ。悪いが、俺には財力も権力もないぞ。頼るなら他を当たれ」

関わりたくないという態度を見せるが、ジェイク殿下は余裕の笑みを浮かべていた。どうやら、この程度では引き下がってくれないらしい。

「共和国を破った英雄殿の力があれば、財力も権力も後からいくらでも手に入る。誰に味方をするか間違えなければな」

「ジェイク殿下に味方をしろと？」

「俺は回りくどいやり方を好まない。バルトファルト、単刀直入に言うぞ。俺の派閥に加わり、俺の後ろ盾になれ。そうすれば、お前をもっと出世させてやる。そこの愚か者にはできないことだ」

勝ち誇った顔でユリウスを見ているジェイク殿下だが、コイツは何も理解していない。俺が好きで出世したと思っているのだろうか？

あと呼び捨てとか、本当に生意気な奴だな。

「お断りします」

即答する俺に、マリエと愉快な仲間たちは「まぁ、そうなるよな」と当然の反応をしていた。だが、ジェイク殿下は違う。

唖然《あぜん》とした後に、慌てて俺に詰め寄ってくる。

「お、お前、俺の話を聞いていたのか？　俺に従えば、公爵だって夢ではないのだぞ！」

「俺は出世したくなかったの！」

出世したくなかったという俺の言葉を聞いて、上昇志向の塊みたいなジェイク殿下は心底理解できないという顔をする。

首を横に振ると、乳兄弟のオスカルに命令する。

「それならば、少し話をしようじゃないか。オスカル、侯爵に同行してもらえ」

「はっ！　バルトファルト侯爵、手荒な真似《まね》をお許しください」

前に出て俺に掴みかかろうとするオスカルだが、それを止めるのはグレッグだった。

恰好はみっともないが、上司を助ける辺りできる男である。

「待てよ。リオンをそう簡単に連れていけると思うのか？」

「――ふっ」

凄むグレッグを見て、オスカルは何故か笑みを浮かべている。その態度が気に障ったグレッグは、怒りで筋肉が少し膨れ上がっていた。

上着を脱ぐグレッグは、オスカルを睨み付けている。

「やろうっていうのか？」

何故かグレッグは、格闘技の構えではなく筋肉をアピールするポーズを取る。大胸筋をアピールするポーズに自信を見せるグレッグ。――ちょっとでもコイツに期待した俺が浅はかだったと思い知ったね。

お前は何をしているんだ？

それを見たオスカルも上着を脱いで投げ捨てた。

そして、背中を向けてポーズを決めると、筋肉が隆起して見事な背筋を見せてきた。

その姿に、グレッグが驚いて目を見開いた。

「な、何!?」

オスカルもグレッグに負けない筋肉の持ち主のようだ。細身ながら自重で鍛えたその筋肉は、グレッグとは違った頼もしさがある。

「真の男とは背中で語るものなのです。前ばかり鍛えているあなたには、理解できないでしょうけどね」

「く、くそ！」

互いに自慢の筋肉をアピールする二人——だが、ここで考えて欲しい。オスカルが俺たちに背を向けていると、誰に向くことになるのか、と。

ジェイク殿下が叫ぶ。

「オスカル！　むさ苦しい男二人に、俺が睨まれているぞ、オスカル！」

筋肉をアピールするために、グレッグもオスカルも力んで表情が険しくなっている。グレッグは前を向き、オスカルが俺たちに背中を向ければ——男二人に睨まれるジェイク殿下の完成だ。

「オスカル、まるで俺が孤立しているみたいだぞ！　お前は俺の味方じゃないのか!?」

この場にいる全員に視線を向けられ、心細くなったジェイク殿下が憐《あわ》れになってきた。しかも、どうやらオスカルという男は天然らしい。

「殿下、気が散るので静かにしてください。これは男同士の戦いです」

「俺の命令を忘れるな、オスカル！　あと、お前は俺の乳兄弟で一番の家臣だろ!?　もっと俺を大事にしろよ！」

乳兄弟のオスカルに怒鳴るジェイク殿下について、俺はユリウスに尋ねる。

「ジェイク殿下って普段からこんな感じなのか？」

ユリウスは複雑そうな表情をジェイク殿下に向けていた。

「見ての通り、上昇志向の塊みたいな奴だ。だが、うん。オスカルは悪い奴じゃないんだが、見ての通りだからな」

見ていて可哀想になってくるジェイク殿下とオスカルのコンビに、同じ乳兄弟の立場からジルクが感想を述べる。

「オスカルは相変わらずですね。頭の中まで筋肉では、ジェイク殿下も苦労しますよ。殿下は、私が乳兄弟で良かったですね」

オスカルよりも自分は優秀だと信じて疑わない台詞に加え、馬鹿にしたような顔で笑みを浮かべている。本当に性格の悪い屑だ。

ユリウスはそんなジルクとオスカルを交互に見て、そして本音を漏らす。

「俺はお前より、オスカルの方が良かったけどな」

ユリウスの本音を聞いても、ジルクは冗談だと思ったらしい。

「殿下も冗談がうまいですね」

「いや、本気でそう思っている」

「――――え？　で、殿下、それはどういう意味ですか？」

「そのままの意味だ」

ユリウスに、オスカルの方がいいと言われたジルクはその場で固まっていた。

むさ苦しい男二人に睨まれたジェイク殿下は、怯《おび》えているのか震えて動けそうにない。まぁ、俺でもこの状況なら理解できずに判断に困るだろう。

何を間違えれば、筋肉自慢が始まるのか？

マリエが串焼きを豪快に食べながら、俺の隣にやって来た。

「これ、どうするの？」

「どうするって――学園側に報告かな？」

入学式が終わった直後にアンジェが言っていたが、学園は王家の後継者争いを嫌う傾向にあるらしい。ジェイク殿下に、しっかり釘《くぎ》を刺してもらうとしよう。

「そうなるわよね」

モシャモシャと串焼きを食べるマリエが、食べ終わった串を用意されたゴミ箱に投げる。コントロールが良く、マリエの投げた串はゴミ箱にするっと入っていった。

マリエが指を鳴らす。

「やった～！」

喜ぶマリエを見ていると、急に誰かの視線を感じた。

気になって辺りを見回すと、校舎から俺たちを見ている人影に気付く。

裏庭で騒いでいる俺たちの様子を見ているのは、見慣れない男子生徒だった。

褐色肌で銀髪の目立つ男子生徒は、俺の視線に気が付くと裏庭から去っていく。

「何だ？」

何故かは分からないが、その男子生徒が妙に気になった。

◇

「くそっ！」

学園に用意された謹慎室に放り込まれたジェイクは、一度乱暴にドアを蹴った。

騒ぎを起こしたと教員たちに連れてこられたのだが、同じように騒いだユリウスたちは厳重注意で解放されていた。

この扱いの差が腹立たしかった。

謹慎室にある椅子に乱暴に腰を下ろすと、ドアの向こう側にいるオスカルに話しかける。

木製のドアには小窓があるが、そこにも格子がされていた。

「このような扱いは許されないと思わないか、オスカル？」

「そうですか？」

「そこは疑問に思わず、素直に頷けよ！　俺だってやりすぎたとは思っているが、お前まで冷たい反応をするなよ！」

これが普通の喧嘩ならばジェイクも厳重注意で済んだ話だが、学園内に王宮内の権力争いを持ち込んだのが問題だった。

後継者争いという非常に繊細な問題を持ち込んだのが、教師たちにとっては許せなかったらしい。

王宮からもこの問題に対しては、厳しく処罰するように言いつけられているようだった。

オスカルはドアの外から、ジェイクに注意をする。

「入学初日に侯爵を勧誘したのは、やりすぎでしたね。継承問題を学園に持ち込んだと、先生たちも大慌てでしたよ」

「だろうな。この手の問題は学園にとっても迷惑極まりないだろうさ」

「理解していながらやられたのですか？　確信犯というやつですね、殿下」

「もういい。黙れ、オスカル」

ジェイクは脚を組みながら、どうして自分の乳兄弟はこんなにも馬鹿なのだろうか？　と悔しく思う。

(せめてオスカルが、ジルクと同じくらい有能であれば助かるのに)

頭の回転が速いジルクが、オスカルと交代してくれればいいのに、と本気で思うジェイクだった。

一度深呼吸をしてから、ジェイクはオスカルに命令する。

「ここにバルトファルトを呼べ、オスカル」

「ほ、本気ですか、殿下？」

「当たり前だ。俺は一度失敗したくらいで諦めたりしないぞ。お前はすぐに、この場にバルトファルトを呼べばいい。後は俺が交渉する」

「ついに殿下も――分かりました！　すぐにお呼びします！」

「お、おう」

オスカルの反応に少し疑問を持ったジェイクだが、いくら何でも今の命令を間違えたりはしないだろうと思って連れてくるのを待つことにした。

◇

数十分後。

オスカルは間違いなくバルトファルトを連れてきた。

「お連れしましたよ、殿下！　ついに殿下も、女性に興味が出てきたんですね！」

嬉しそうなオスカルが連れてきたのは、バルトファルトはバルトファルトでも妹の方だった。

謹慎室のドアの向こうから、猫なで声が聞こえてくる。

「フィンリー・フォウ・バルトファルトです、ジェイク殿下。まさか、殿下から呼び出していただけるなんて思いもしませんでした」

ジェイクからフィンリーの姿は見えない。

だが、オスカルが自分の命令を勘違いしたことだけは理解できた。

あまりの結果にジェイクは頭を抱える。

「オスカル、どうしてお前はその女を連れてきた？」

静かに、そしてゆっくりと問うと小窓から笑みを見せるオスカルが答える。

「え？　殿下がお連れしろと命令したのですよ。ですから、バルトファルトさんをお連れしました。まさか、同じクラスのフィンリーさんが気になっているとは自分も気付きませんでした」

ジェイクとフィンリーは同じ一年生で、同じ上級クラスの生徒だ。

だが、話の流れから言えば、フィンリーを連れてくることはあり得ない。

ジェイクは乱暴に立ち上がると、座っていた椅子が倒れる。

「俺が呼び出せと言ったのは、リオンの方だ！　馬鹿か？　馬鹿なのか!?　そうだ、馬鹿だったな、オスカル!?　俺が間違っていたよ。お前にはもっと細かく命令するべきだった」

長い付き合いの乳兄弟の馬鹿さ加減を甘く考えていたジェイクだったが、オスカルの方はまたしても勘違いをする。

「殿下――そっちでしたか。気付けなかった自分が恥ずかしいです」

「おい、ちょっと待て。お前は何を勘違いしている？」

「ですから、好きなのはフィンリーさんではなく、リオン殿だと」

「オスカァァアルゥゥゥ!!　誰がいつ、俺の好みについて話をした!?」

そこからジェイクはオスカルに説教を始めるが、あまりの五月蠅さに教員が来て叱られてしまうのだった。

第02話「イレギュラー」

入学式の終わった夜。

学園では話せないことも多いため、俺はルクシオンとマリエを連れて大衆居酒屋に来ていた。仕切りが用意された個室のある店だが、店内は客で賑《にぎ》わっていて騒がしい。

大通りから離れ、入り組んだ路地にあるため学園の生徒があまり利用しない店でもある。

丸いテーブルに、店員さんが運んできた料理が並べられる。

「お待たせしました！　大量にご注文されましたけど、お二人で食べ切れますか？」

テーブルに置かれる料理はおいしそうだが、どれも一皿で満足しそうな量だ。

これらを注文したマリエは、瞳を輝かせている。

「これくらい大丈夫！　あ、お土産にテイクアウトも欲しいから、後で注文するわ」

「か、かしこまりました」

とても二人では食べ切れない量に加え、お土産まで考えているマリエに店員さんが少しだけ引いていた。

店員さんが去ると、マリエは「いただきま〜す！」と言って料理にナイフとフォークを突き刺して肉を大きく切り分けて食べ始める。

その姿に呆れつつ、俺はルクシオンが用意した写真を並んだ皿の隙間に並べた。

「食べる前に話を進めるぞ。ルクシオンとクレアーレが、今後重要になる奴らと怪しい連中をピックアップしてくれた」

『妨害行為がなければ、もっと詳細な資料を用意できたのですけどね』

学園内に魔装が入り込んでいる。

そのため、ルクシオンとクレアーレの調査能力が大きく下がっていた。それでも、俺たちが調べるよりも詳細な資料が用意できるのだから頼りになる。

ただ、今回の三作目。あの乙女ゲーの三作目に関して、俺たちはまともな知識を持っていない。マリエですら、あの乙女ゲー三作目をクリアしていなかった。

食事をしながら写真を手に取るマリエが実際にゲームをプレイしたのは中盤までだ。そして、設定資料などは見ておらず、終盤の流れは攻略情報をネットで一度確認した程度らしい。つまり、中盤以降の詳しい情報は何一つ持っていなかった。

一作目しかプレイしていない俺も、当然のように前知識はゼロの状態だ。

「こっちの五人は攻略対象ね」

「一人は女の子になったけどな」

アーロン改めアーロンちゃんと、ジェイク殿下にオスカル――残り二人も攻略対象だ。マリエに特徴を聞いてから調べたので、間違いないらしい。

マリエはパンをかじりながら、一枚の写真を手に取る。

「多分、この子が主人公で間違いないわ」

断定するマリエに返事をするのは、丸テーブルの上に浮かんだルクシオンだ。

『そちらはマリエの証言から特定して調べました。ヴォルデノワ神聖魔法帝国出身の留学生です』

帝国の名前を聞いて、マリエはフォークを噛《か》んで口で持ち手部分を上下に動かす。

「それなら間違いないわよ。でも、本当に留学してきたのね」

「おい、はしたないぞ」

「私たちしかいないのに、マナーとか気にするの？　兄貴は本当に細かいわね」

はしたないので注意しただけなのにこの言われようだ。

妹とは本当に嫌な存在である。

マリエがフォークを口から離すと、続きを話す。

「こっちは色々と面倒になっているから、留学してこないかと思っていたわ」

公国との戦争、加えて共和国でもクーデター騒ぎだ。

王国に留学に来るのは、勇気のいる決断だっただろう。

マリエは主人公の写真を俺に手渡してくる。

新入生の主人公は、赤みがかった茶髪をポニーテールにしている小柄な女の子だ。華奢《きゃしゃ》と言って間違いないが、目の前にいるマリエよりも僅かに背が高そうで――スタイルもマリエよりはいい。

「お前、一年生にスタイルで負け――ぶっ！」

笑ってやろうとすると、コップに入った僅かな水をマリエにかけられた。

「悪かったわね！」

冗談の通じない奴だと思っていると、ルクシオンが発言する。

『彼女の名前は【ミア】。留学生で上級クラスに配置されています。ただ、情報と違う点があります』

「何よ？　上級クラスに入っているなら、シナリオ通りよ」

『彼女には守護騎士と呼ばれる存在が側にいます』

話を聞いたマリエが首をかしげる。

「守護騎士って何よ？」

『帝国の制度には、身分や地位の高い女性を守るために専属の騎士を侍《はべ》らせるそうです。そのような騎士を守護騎士と呼んでいるそうですよ』

「え？　何それ知らない」

マリエが知らない情報に困惑している間、俺は一枚の写真を手に取る。

主人公と一緒に帝国から留学してきた男子生徒の姿は、今日の昼間に俺たちを遠目に見ていたあの男だった。

赤い瞳に褐色肌で、長い銀髪を首の後ろでまとめている美形の男だ。

背も高く体つきもしっかりしていたから、随分と鍛えているとは思っていた。

だが、まさか帝国の騎士だとは想像もしていなかった。

マリエが俺の持っている写真に気付く。

「誰それ？　私にも見せてよ」

俺から強引に写真を奪うマリエは、イレギュラーである守護騎士を見て瞳を輝かせる。

「凄いイケメンじゃない！」

相変わらず顔の良い男に弱いマリエを見て、俺は呆れを通り越して笑ってしまう。

「そいつが守護騎士だよ」

女性を守る騎士様だが、俺はコイツを昼間見かけた。

マリエは気付かなかったのか、のんきに守護騎士の写真を見ている。

「名前は？」

ルクシオンに視線を向けると、赤いレンズを写真に向けていた。

『【フィン・レタ・ヘリング】です。ミドルネームのレタは、帝国では騎士を示しているそうですね。それ以外の、詳しい情報は手に入れることができませんでしたが、こちらを随分と警戒していますね』

ルクシオンに調べさせたが、まともな情報はほとんど手に入らなかった。いくら調査能力が低下していても、ルクシオンでも調べられないというのが引っかかる。

「昼間にこっちを見ていたのも気になるよな」

昼間の話題を出すと、マリエが興味を示す。

「いたの？　だったら教えてくれればいいのに」

「――お前、俺たちの目的を忘れていないか？　あの三作目に登場しない奴が、主人公の側にいて俺たちを警戒しているんだぞ」

美形に浮かれて危機感の薄いマリエに注意を促す。

「確かに気になるけどさぁ」

存在しないはずの騎士――俺たちと同じ転生者か、あるいは無関係の騎士なのか、どちらか思案していると、店の外が騒がしくなる。

「た、大変だ！　外で人が！」

店内から様子を見に酔っ払いが外に出ると、すぐに戻ってきて顔色を変えていた。

俺は気になって様子を見ることに。

「少し見てくる。ルクシオン、来い」

『はい、マスター』

◇

店を出ると数十メートル先に人だかりができていた。

入り組んだ場所にある大衆居酒屋の周りには建物が多い。

道も狭く、そんな場所で騒ぎが起きたため周囲から人が集まっていた。

「酷いことを」

「随分と身なりがいいな」

「貴族様だ。付き人ごと殺されたみたいだな」

野次馬に謝りながら現場を見に行くと、そこには貴族と思われる男性が倒れていた。

近くには護衛も兼ねた付き人も一緒に倒れており、争った形跡はほとんどない。

咄嗟《とっさ》に口元を手で押さえるが、悲しいことに死体を見慣れてしまったらしい。

食欲は消え去ったが、吐き気はなかった。

人間は、嫌なことも慣れてしまう生き物らしい。

倒れた貴族の男性を見ていると、急に俺の肩に手が置かれた。

「奇遇だな、小僧」

フード付きのローブで怪しさ満点の男に声をかけられたが、すぐに誰か特定できた。

「どうしてあんたがここにいる？」

怪訝《けげん》な表情を見せる俺に、フードを少し持ち上げたローランドがニヤリと笑った。

「私がどこで何をしようが関係ないだろう？」

「どうせ女だろ」

「女性との甘い一時だけが私の癒やしなのさ。まぁ、それはいいとして、少し付き合え」

ローランドに誘われ警戒するが、本人が割と真剣な表情をしていたこともあり話だけは聞くことに。

誘われるままに狭い路地に入っていく。

人気のない場所で、ローランドは俺に殺された貴族の素性を話してくれる。

「あの男は王宮でそれなりの地位にいる役人だ」

身なりから下級役人には見えなかったが、中間管理職的な役職を持っていたそうだ。ローランドはその役人の詳細を俺に聞かせてくる。

「以前は騎士家出身で雑用をやらされていたが、お前が起こした騒ぎで上司たちが消えて出世してね」

公国との戦争の際に、敵前逃亡を行って取り潰された家は多かった。そのおかげで昇進した下級貴族——騎士家も多かった。

「俺のせいじゃなくて、自業自得だろうに」

茶化してやるが、ローランドは俺を無視して話を進める。

「——出世した貴族を狙った事件はこれで五件目になる」

「五件目？　こんなことが何度も？」

「頭角を現した役人たちを狙った事件は、これで五件目になる。どれも最近の出来事だよ」

「連続殺人事件か？　犯人が捕まらないとか、この国は大丈夫なのか？」

「どうかな？　私よりもミレーヌの方が詳しいと思うぞ」

「あんた本当に王様かよ？」

「王が全てを支配していると思うなど、お前もまだ甘いな。それよりも、外で聖女様と密会とはお前も随分と怪しいじゃないか。婚約者たちが悲しむと思うが？」

マリエと店にいたのを知られてしまった。

無駄に有能だから腹立たしい。

「お前と違ってやましいことはしていない」

「それを判断するのは相手や世間だよ。おっと、私は用事があるからこれで失礼する。それから小僧、エリカには絶対に関わるなよ。いいか、絶対だぞ。近付いたら処刑してやる」

念を押して去っていくローランドの姿を見送り、俺は隠れていたルクシオンに声をかける。

「エリカって誰だ？」

『マリエ曰く悪役王女の【エリカ・ラファ・ホルファート】。ユリウスと同じく、ミレーヌを母に持つ新入生です』

店で写真を見る前に、騒ぎが起きたので外に出てしまった。

「三作目の悪役か。その話は後でしよう。問題なのは事件の方だよな。学園の外なら、問題なく調査できるか？」

振り返ると事件現場には人だかりができたままだ。

『魔装の妨害行為は王都全域に及んでいます。こちらの居場所を特定していないので、広範囲にジャミングをかけているのでしょう。厄介なことです』

どうやら敵は、俺たちをまだ特定できていないらしい。

しかし、これでは敵もどこに潜んでいるのか不明のままだな。

王都全域で妨害行為ができるとか、相手もチートすぎる。

「あれ？　お前は大丈夫なの？　妨害されているのに、お前だけリンクが切れないとかおかしいだろ？」

ルクシオンの球体ボディは、本体である宇宙船の子機だ。

だから、リンクが切れてもおかしくない。

『このボディは特注です。マスターのサポートをするため、最優先でリンクを確保していますからね。高性能な専用の中継器をいくつも用意していますよ』

「あ、そうなの。他のもそうすれば？」

『できないから困っているのですが？』

何を馬鹿なことを、みたいに言われたがちょっと納得できないな。

「――話を戻すけど、魔装とこの事件、関わりがあると思うか？」

ルクシオンに何気なく尋ねると、嫌な答えが返ってくる。

『魔装と思われる反応を検知しています。妨害行為をしている奴と同一とは判断できませんが、魔装は関わっていますね』

「最悪だな」

かなり危険な奴がこの王都に入り込んでしまっている。

学園の中も外も危険なままと知っては、迂闊《うかつ》に動けないな。

考え込んでいると、人だかりの中に私服姿の男が目に入ってきた。

その男も俺の存在に気が付くと、顔を背けてこの場を離れていく。

「守護騎士が何でこんな所に？」

学園を抜け出し、わざわざこんな場所に来ていた守護騎士に対して警戒心が強まる。

ルクシオンに視線を向けると、俺の気持ちを察して小さく頷いていた。

『彼を追跡させている自立型ドローンの数を増やします』

「頼むぞ。あいつは徹底的にマークしろ」

◇

王都にある古い建物。

その地下に続く階段を降りるのは、ラーシェル神聖王国から派遣された【ガビノ】と呼ばれる髭《ひげ》を生やした紳士風の男だった。

胸を張り堂々と振る舞ってはいるが、本人は額の右側に傷跡があるのを気にしていた。

髪を垂らして隠してはいるが、傷跡が見えている。

お気に入りの懐中時計を左手に持ち、時折意味もなく蓋を開いては時刻を確認していた。

そんなガビノは、以前はアルゼル共和国に派遣されクーデター側に協力していた。

リオンによってラーシェル神聖王国の企みは阻止されたが、それ故にガビノはホルファート王国に派遣されている。

薄暗い地下の広間に顔を出すと、恭しく挨拶をする。

「ご婦人方、お待たせして申し訳ありません」

壮年だが美形のガビノに笑みを向けられ、地下にいた女性たちは少しばかり機嫌を良くしていた。

「時間通りよ、ガビノ殿。だけれど、やはりもう少し早く来て欲しいのが乙女心よね」

「これは失礼いたしました」

彼女たちがいる広間には、淑女の森を示す旗が壁に飾られている。

淑女の森とは、女尊男卑の風潮が強い頃の王国内で、貴族の女性たちが中心に集まりできた組織だ。

何度も着回しているヨレヨレのドレスを着た女性たちは、今も貴族であるという態度を崩そうとはしない。

以前は美形の奴隷を侍らせていた彼女たちだが、現在世話をしているのは自分の子供たちや身分の低い同じ組織に所属する女性たちだった。

淑女の森にも階級があり、一番低いのは田舎の男爵を夫に持つ女性貴族だ。

壁際に立っている女性たちが、現在淑女の森の幹部たちの世話をしている。

その中には【ゾラ】の姿もあった。

公国との戦争時にリオンの父【バルカス】に離縁されてからは、貴族でもなくなり行き場を失い淑女の森に拾われた。

しかし、使用人のようにこき使われており、着ている服はドレスではなく平民たちの私服姿だ。

そんな地下に潜むように生活している淑女の森に顔を出したガビノは、部下たちに土産を持ってこさせる。

いくつもの木箱が運び込まれ、その中には酒やお菓子、綺麗《きれい》なドレスなど女性たちのための品が用意されていた。

「こちらは皆さんへの贈り物です」

「あら、気が利くわね！」

幹部の女性たちが我先にと飛び付いて、それらを奪い合う。

その姿を見ながら、ガビノは話をする。

「ところで皆さん――復権は叶いそうですかな？」

復権と聞いて、淑女の森の幹部たちが顔を上げた。

その表情は自分たちを捨てた王国に対しての憎悪に染まっており、随分と禍々《まがまが》しく見えるがガビノは笑みを崩さない。

淑女の森の代表が、手にしたドレスを見ながら自分に似合うか確認していた。

そのまま、ガビノと会話をする。

「難しいわね。既に何人も葬っているけれど、王国が揺らぐ気配はないわ。陛下は相変わらずだし、陛下に取り入った外国の女狐《めぎつね》は好き放題に動いているそうよ」

女狐とは、実質的にホルファート王国の柱となっているミレーヌのことを指している。

ガビノにとっても厄介な相手である。

何しろ、ガビノの祖国であるラーシェル神聖王国は、ミレーヌの祖国であるレパルト連合王国と長年争っている関係だ。

ホルファート王国とレパルト連合王国が強い同盟を結んでいるのは、繋《つな》ぎ役であるミレーヌが優秀だからだ。

だから、淑女の森には、ミレーヌこそ女性の地位を貶《おとし》めた存在と教え込んでいる。

「厄介な方ですからね。加えて、バルトファルト侯爵を籠絡して手駒にしています。奴さえいなければ、皆さんもこのような生活を送らずに済んだでしょうに」

ガビノがそう言うと、壁際に立つ女性の一人が憎悪をにじませた表情になっていた。

「おや、ゾラさんどうかされましたか？」

「い、いいえ、別に」

ガビノが話しかけると、ゾラは顔を背ける。

だが、周囲の女性たちは、そんなゾラに鋭い視線を向ける。

「あの外道騎士が育ったのは、あなたの家だものね」

「もっとまともに育ててくれていれば良かったのに」

「本当に役に立たない女ね」

このような状況に陥った不満を、ゾラに対してぶつけていた。彼女たちにとってゾラは、ストレス発散の相手でしかない。

そんなゾラに、ガビノは優しく語りかける。

「落ち着きましょう、皆さん。王妃と侯爵を打倒すれば、すぐにまた昔の生活が取り戻せますよ。そのために、ラーシェル神聖王国は全面的に支援しますよ」

代表がガビノの言葉に笑みを浮かべる。

「本当にラーシェルの方は紳士的で素晴らしいわ。それに引き換え、今の王国の男たちは何て情けないのかしら。本当に嘆かわしい」

ガビノは代表の手を取って微笑む。その微笑みに、代表が頬を赤らめていた。

「いずれチャンスが来ます。その際は、皆さんのお力をお貸しください」

「は、はい。ですが、本当に大丈夫なのでしょうか？」

代表がいずれ来る時に不安を見せると、ガビノはそれを払拭するため力強く励ます。

「きっと成功します。それに、こちらも強力な切り札を用意していますよ。あの外道騎士が相手だろうと、負けはしません」

強力な切り札がリオンに勝てると聞いて、淑女の森の面々は興奮からそわそわと落ち着きがなくなる。

その様子を見て、ガビノは心の中で呟《つぶや》いた。

(精々、我らラーシェルのために働いてもらおうか。魔装騎士まで持ち出したからには、王国に大きな被害を出してもらわないとね)

◇

ガビノが去ると、幹部たちはゾラに厳しい態度を取る。

「ゾラ、あんたの義理の息子がしでかした不始末はあんたが償うのよ」

「も、もちろんでございます！」

ゾラが威圧的な女性たちに頭を下げて耐えているのは、ここを追い出されると行き場を失うからだ。

かつて貴族だったゾラだが、今ではただの平民に過ぎない。収入もなく、かつての贅沢もできず、専属奴隷はすぐに逃げ出した。

生きていく術《すべ》を知らないゾラは、淑女の森に頼るしかなかった。

代表がゾラの髪を掴んで顔を上げさせる。

「お前の子供たちは、ちゃんと役目を果たしているんだろうね？」

「お任せください。ルトアートは無事に学園に潜り込みました。【メルセ】の方も、問題なく標的と接触していますわ」

「だったらいいわ」

解放されたゾラは、その場に座り込むと憎らしいリオンの顔を思い出す。

(どうして私がこんな目に。これというのも、全てあの糞《くそ》ガキのせいよ。あいつが余計なことをするから)

本来リオンは王国を救った英雄なのだが、ゾラたちには関係なかった。自分たちが落ちぶれたのは、大出世を果たしたリオンが悪いと本気で信じ込んでいる。

(でも、こんな生活もあと少しよ。もう少しすれば、またあの頃のような生活が戻ってくるわ。そうなったら、私を捨てたバルカスたちは処刑してやる)

バルトファルト家に復讐心《ふくしゅうしん》を燃やしながら、ゾラはこの苦しい生活に耐えていた。

◇

深夜。

雰囲気の良いバーにやって来たローランドは、一人の若い女性と楽しそうに酒を飲んでいた。

「そうなんだよ～。妻が五月蠅くて心が安まらないんだ」

ローランドは、ミレーヌに対する愚痴をこぼしながら女性の手を握ろうとする。

だが、女性はその手をさっと避《よ》けた。

「リオンさんも大変ですね～」

リオン――ローランドは、リオンの名前を偽名として使い、女性との一時を楽しんでいる。

「今日も冷たいじゃないか、メルセ。私は悲しいな」

「そ、そうですか？　で、でも、やっぱり女の子はもっと身持ちが堅くないといけませんし」

避けられて悲しいそぶりを見せるローランドに、女性――メルセは慌てて取り繕う。

そんな二人に、白髪にちょび髭の小太りな男性が声をかけてくる。

帽子を脱ぐ男性は、気まずそうにしていた。

「ろ――リオンさん、今日はそろそろお戻りになる時間ですよ」

男性にそう言われたローランドは、ため息を吐いてから席を立つ。

「楽しい時間とはすぐに過ぎ去ってしまうものだね。メルセ、今日は楽しかったよ。次はいつ会えるかな？」

メルセはようやく解放されたと安堵《あんど》から笑顔になると、次に会える日を教える。

「一週間後は予定が空いていますよ」

「それでは一週間後にまた会おう。おっと、その前にちょっとトイレに行こうかな」

ローランドがその場を離れると、メルセは盛大なため息を吐いた。

そして、声をかけてきた男性に詰め寄ると睨み付ける。

「ちょっと、声をかけるのが遅いわよ」

「そ、そのように言われても、あまり早く声をかければ怪しまれてしまいます」

「私に逆らうの？　あんた、私たちに弱みを握られているのを忘れていないわよね？　協力しないと、あんたの秘密を暴露して人生を終わらせるわよ」

「それだけはどうかご容赦を！」

男性はメルセに弱みを握られており、逆らえない風だった。

メルセは男性と距離を取ると、テーブルの上にあったお酒を手に取って飲み干す。

そして、ローランドが戻るまで愚痴をこぼす。

「本当に呆れるわ。あの程度の変装でごまかせると思っているのかしら？　それに偽名がリオンって。最低よね」

男性は同意を求められると、周囲の視線を気にしながら怯えるように返事をする。

「そうですね。ただ、もう少し声を下げてください」

「分かったわよ」

メルセが口を閉じると、トイレからローランドが戻ってくる。

上機嫌でメルセに抱きつき、キスを迫った。

「今日はこれでお別れだ、メルセ。最後にキスを――」

そんなローランドの唇に、メルセは手の平で応えた。

「また今度にしましょう、リオンさん」

「――つれないね。それでは、また今度にしよう」

ローランドから解放されたメルセは、笑顔を作って店から出て行く。

見送ったローランドは、男性に愚痴をこぼす。

「もう少し愛想があってもいいと思わないか？」

男性は周囲の視線がないのを確認してから、ローランドに答える。彼は、古くからの知り合いで、
王宮ではローランド付きの医者だった。

学生時代の友人でもあり、ローランドとはかなり親しい関係にある。

名前を【フレッド】という。

「陛下、お遊びが過ぎますよ」

「別にこれくらいいいだろう。さて、フレッド、もう少し遊ぶからお前も付き合え。実は狙っている女性がいてね。もう少しで色よい返事をもらえそうなんだ」

「また女遊びですか？　本当に懲りませんね」

ローランドはフレッドを連れて、また別の店に向かう。

第03話「逆転」

事件現場から店内に戻ると、マリエがほとんどの料理を食べ尽くしていた。

前世よりも食い意地の張ったマリエの姿を見て、何とも悲しい気分になる。

「その小さな体でよく食べるな」

マリエの小さな体のどこに、大量の食事が入るのか謎だ。

本人は前世より色々と小さな体が不満なのか、すぐに不機嫌になる。

「大きなお世話よ！　それで、外はどうだったの？」

「その話は学園に戻ってからする。先に三作目についてもう一回確認だ」

「またぁ？」

現時点ではマリエのうろ覚えな記憶だけが頼りであり、話している内に思い出すこともあるだろうと何度も確認している。

転生して随分と時が過ぎた。

前世で遊んだゲームの内容は、忘れている部分も多い。

「話している内に思い出すこともあるだろう？」

「これ以上は思い出せないわよ。私、三作目は中盤までしかプレイしていないし。攻略サイトを見て大体の流れは見ていたけど、詳しい内容なんて確認してないわよ」

攻略サイトを見ながらプレイして、途中で飽きてしまい放り投げたらしい。

そんなマリエの知識でも、ないよりはマシだ。

「いいから」

「――帝国から留学してきた主人公のミアが、王国の学園で学校生活を送る話よ。当然のようにイケメンたちと知り合って、悪役王女のエリカに意地悪をされるのが序盤の話ね」

「悪役王女ね。悪役令嬢から進化したみたいだな」

俺はテーブルの上にある悪役王女の写真を手に取る。

緩やかに波打つ長い黒髪の持ち主で、割と小柄ながら胸の方は普通という印象だ。温和そうな表情をしているのだが、これで性格が悪いらしい。

「性格は酷いわよ。表向きは猫をかぶっている嫌な女の典型ね。病弱設定もあったけど、あの性格なら嘘っぽいわ。裏では酷いことも平気でやるし、本当にイライラする女よ」

「同族嫌悪か？」

笑ってやると、マリエに木製のスプーンを投げられ顔に当たる。

睨まれたので口を閉じると、マリエが続きを話し始める。

「一年生の頃に公国との戦争イベントが起きて、その時の裏話的な話があったわね」

「裏話？」

「戦争の裏で何があったのか～とか？　そこでジェイク殿下たちと好感度を稼ぐイベントもあったけ

ど、今の状態ならイベントなんてほとんど潰れるわね」

既に公国の切り札だったラスボスたちは、俺たちが倒している。

王国の危機が取り払われているのだけは安心だな。

「とにかく、一年生のイベントが終わって二年生になると、ヘルトラウダが留学してくるのよ。ヘルトラウダとも交流するんだけど、敗戦国のお姫様だから辛い立場だったわね。――まぁ、こっちには既にいないんだけどさ」

ヘルトラウダさんは、戦争時に魔笛で守護神と呼ばれるラスボスを呼び出した代償にその命を落としている。

こうして確認していると、俺たちがこの世界に与えた影響は随分と大きいな。

「相変わらずエリカにいじめられるんだけど、二年生の中盤にミアが帝国に呼び戻されるのよ。病気で倒れた皇帝陛下が、ミアのお父さんだったたって話が出るのよね」

マリエの説明にルクシオンが茶々を入れる。

『今回も特別な血筋という設定ですか。オリヴィア、ノエルに続いて、ミアも随分と優れた血筋の持ち主ですね』

マリエはルクシオンの皮肉に同意する部分もあるようだ。

「そういう設定は人気だからね。それで、ミアは皇女として認められるのよ。帝国から護衛の飛行戦艦も来るから、エリカがいじめられなくなるの。その矛先が、今度はヘルトラウダに向かうんだけどさ」

『神聖魔法帝国は、ホルファート王国よりも国力は上ですからね。外交的に考えて、エリカがミアをいじめるのは悪手ですよ』

本来ならいじめなどしない方が得策なのだが、それをやってしまうから悪役王女なのだろう。

ただ、アンジェやルイーゼさんを見てきた俺からすれば、本当にただの悪役なのか判断が難しい。悪い奴じゃなかった場合も考えて行動しないとな。

俺はマリエに続きを話すように促す。

「それで、中盤以降は？」

「エリカがヘルトルーデを侮辱するイベントがあるわ。——それでヘルトラウダが激怒して、公国の艦隊を動かして戦争になるの。空と海から化け物が出てくるから、ミアたちはジェイクたちの力を借りて海の方のラスボスを倒すの。空の方は、聖女のオリヴィアが倒す流れね。エリカはその後に今までの悪事が暴露されて、悲惨な末路ね」

先程と違って非常に大雑把な説明になっているのは、マリエも詳しく知らないからだ。

「そこに守護騎士ヘリングの登場はないんだな？　終盤に登場するとか、隠しキャラ的な立ち位置でもないよな？」

本来ならば留学してこないはずの守護騎士の存在は、俺やマリエにとっては想定外だ。

主人公を守る守護騎士という存在自体が怪しい。

「いなかったわ。隠しキャラもいないはずよ。そもそも、守護騎士なんて私は知らないし」

攻略情報が曖昧なマリエが断言しても怪しいが、ここまで言うならゲームには登場しなかった可能性が高い。

「守護騎士のことは慎重に調べるとして、問題は今後の展開だな」

悪役王女エリカの写真を目線の高さに合わせて眺めていると、視界にマリエの姿も入り込む。二人を見比べるように視線を動かすと、何故か似ているような気がした。

髪色も表情も、そして体形も違うため似ている要素は少ない。

俺が真剣に見比べていると、またからかわれると思ったマリエが頬を膨らませる。

フォークを握りしめていつでも投げられるようにしている姿を見て、下手なことは言うべきではないと判断して口を閉じた。

◇

入学式の翌日。

新入生たちも授業が始まるが、その内容は今後の説明ばかりだった。

本格的な授業が開始されるのはもう少し先になるだろう。

そんな中、帝国からの留学生であるミアは、緊張した様子で席に座っていた。

外国人ということで、教室内ではミアに声をかける生徒は少ない。

ほとんどが、遠巻きに見ているだけだ。

(ううう、緊張するよぉ)

慣れない環境に緊張する毎日のミアだが、知り合いが一人いる。

教室内に入ってくるのは、背が高く一際目立った美形の男子生徒だ。

同じ留学生であり、ミアの守護騎士に志願したフィンだった。

同じ外国人でありながら、フィンに向けられる視線はミアとは違って好意的なものが多い。男子生徒から妬ましい視線を向けられているが、大半の女子からは好意を向けられている。

そんな自慢の騎士が、ミアの隣に座ると話しかけてくる。

「王国は貴族趣味が過ぎるな。学園の廊下が、まるで宮殿みたいだ。帝国なら、宮殿だと言い張れば通りそうだよ」

学び舎にしてはやりすぎていると言うフィンに、ミアが自信なくたしなめる。

「騎士様、あまり悪口を言うのはどうかと思いますよ」

ミアがフィンに対して自信がないのは、自分が一般人であるという自覚があるからだ。本来ならば、フィンのような騎士が自分の守護騎士になってくれないと知っていた。

ただ、フィンの方はたしなめるミアに微笑んでいる。

「これは失礼しました、我が姫様。ですが、悪口などではありませんよ。ただの皮肉です」

恭しく接してくるフィンに、ミアは顔を赤らめて答える。

「ひ、皮肉も駄目だと思います」

「我が姫様はわがままですね。ですが、あなたの守護騎士ですから従いましょう」

フィンがそう言ってクスクスと笑うと、からかわれたことに気が付いたミアが赤くなった顔を背ける。

「ミアをからかいましたね。騎士様は酷いです」

「冗談だよ。それから、俺に対してそんなに緊張することはない。もっと砕けた態度を見せて欲しいな」

「そ、そんなの無理ですよ。だって騎士様は、帝国でも――」

フィンがどれだけ凄い騎士なのか知っているミアは、恐れ多いと言おうとしたが続きを話す前に騒がしい声に会話を止められてしまった。

「本当に申し訳ありませんでした、フィンリーさん！」

教室に入ってくるなり、女子生徒に謝罪をする男子生徒に周囲の視線が集まる。

謝られた女子生徒――フィンリーは呆れていた。

「オスカルさん、もう謝らなくていいですよ。けど、もう兄と私を間違えたりしないでくださいね。本当に恥ずかしかったんですから」

「すみません。まさか、バルトファルトと言って、お兄さんの方だとは思いませんでした」

「私が言うのも何ですけど、オスカルさんはもう少し頭を使った方がいいですよ。殿下の話を聞けば、十人中、十人が私じゃなくて兄を呼びに行きますからね」

「そ、そうですね。自分はよく頭を使うように言われます。使っているつもりなんですけどね」

必死に謝罪をするオスカルに対して、フィンリーは呆れていた。

何かあったのだろうか？　とそちらを見ているミアだったが、フィンの様子が気になって視線を動かす。

そこには真剣な表情で、フィンリーを見ているフィンの姿があった。

「フィンリーさんか。確か、バルトファルト侯爵の妹さんだな」

ミアはバルトファルトの名前を聞いて、自分も知っているとフィンに教える。

「ミアも知っていますよ。帝国にも噂《うわさ》が届いていますからね。何でも、凄く強い国を内側から崩した英雄さんですよね？　二つ名は確か——お外道さん？」

帝国にまで伝わっているリオンの噂だが、実はそこまで正確ではなかった。

フィンは少し呆れるが、面白かったのか笑いをこらえている。

「侯爵の二つ名は外道騎士だよ」

「そうなんですか？　でも、外道騎士って凄いですよね。何かもう、名前だけで凄く怖い人だって想像できます」

「——そうだな」

フィンが真面目な顔になると、教室内で人だかりができている場所に視線を向ける。

そこにいたのは、同級生のホルファート王国の第一王女殿下だった。今日も大勢の取り巻きと思われる女子生徒たちに囲まれている。

その様子を見て、ミアは憧れの視線を向けた。

「エリカ様ですね。今日も綺麗ですよね」

「そうだな」

気のない返事をしてエリカを見ているフィンに、ミアはムッとする。先程まで自分を姫様などと呼んでいた自分の騎士が、他の女性を見ているのが気になっていた。

「騎士様もやっぱりお姫様みたいな人が好きなんですか？」

意地の悪い質問をしたという自覚があるミアは、答えを聞くのが怖くて俯いてしまう。

ただ、フィンの方はそんなミアを見て気を利かせる。

「俺の姫様はミアだけだよ」

歯の浮くようなフィンの台詞だが、ミアはそれが嘘でも嬉しかった。

ただ、ミアから見てエリカは本当に美しかった。

（お姫様って本当に綺麗なんだ）

艶のある黒髪に、年齢に似合わぬ落ち着いた雰囲気を持つ女子生徒はクラスの中で一際目立った存在だ。

しばらくエリカを眺めていると、本人がミアの視線に気付いたようだ。

こちらを向いてニッコリと微笑んできたので、ミアもぎこちない笑みを返した。

自分を認識してくれているのが嬉しくて、すぐにフィンを見る。

「騎士様、今の見ました？　騎士様？」

ただ、エリカを見つめるフィンは、いつの間にか笑みが消えて無表情になっていた。

◇

放課後。

俺は学生寮の自室に友人二人を招いていた。

かつて俺が所属した貧乏男爵家のグループ仲間のダニエルとレイモンドの二人に、相談があると言われて自室に連れてきた。

大きなテーブルのある部屋に、ダニエルは感心していた。

「リオンもついにここまで出世したのか」

学園側から好待遇を受けているのを、部屋を見て判断したのだろう。

かつては同じ仲間だと思っていた俺が、雲の上の存在になったことで二人とも困っていた。特にレイモンドだ。

「これはもう、様を付けて呼んだ方がいいかもね。同じグループに括《くく》るのは失礼になるかも」

友人に距離を置かれるような態度を取られると、何となく寂しくなるな。

そもそも、俺の中身は入学した頃と何も変わって――いや、少しくらい変わっていないと駄目だろうな。何の成長もしていないというのは、俺が悲しい。

「気にするな。出世したところで領地も収入もないから貧乏なのは同じだ」

そう言うと、ダニエルが肩をすくめる。

「よく言うぜ。公爵家のお嬢様と婚約した時点で勝ち組だろうに。それはともかく、リオンが相変わらずで安心したよ。いきなり『もうお前らとは身分が違う！』と言われたら困るからな」

俺の態度が変わらないことに、ダニエルもレイモンドも嬉しいのか笑顔になる。

レイモンドは、眼鏡の位置を正しながら同意する。

「こっちも気軽に相談できないからね」

俺は二人にお茶を出して、相談内容を確認する。

「その相談って何だ？　金のこと以外なら相談に乗るぞ」

お金のことでも相談に乗れるが、友人関係に金銭問題を持ち込むのは良くないと前世で学んでいる。

どうにもならないなら手を貸すが、それ以外は断るつもりだった。

幸いなことに、ダニエルもレイモンドも金銭の相談ではないらしい。

二人がまともな友人であることに感謝だな。

ダニエルが深刻な表情で相談内容を語り始める。

「実は、女子からのお誘いが去年から急増しているんだ」

「それは一年の頃に苦労した俺に対する当てつけか？　自慢話なら帰ってくれ」

無礼な友人たちを追い返そうとすると、慌ててレイモンドが詳しい事情を説明してくる。

「ま、待って！　僕たちは本気で悩んでいるんだ！　そりゃあ、最初は優越感もあったさ。今まで僕たちを無視してきた女子たちが、媚を売ろうと必死な姿は気持ちが良かったよ」

偽らざるレイモンドの感想に、俺は少しばかり話を聞く気になった。

まぁ、誰もが聖人君子じゃないからな。

ザマァ！　と思っても仕方がないし、俺もその場にいれば優越感を覚えたはずだ。

ただ――二人ともすぐに現実に気付いたらしい。

ダニエルが俯いている。

「必死にアピールしてくる女子たちを見ていると、一年の頃の自分たちを見ているみたいで心が痛いんだよ。遊び半分で冷たい態度を取るのも気が引けるしさ。そう思っていたら、誘いに乗ってお茶をするのも気が重くなってきたんだよ」

一年の頃は男子が女子を誘っていたが、現在は女子の方から男子を誘っているらしい。

変われば変わるものだと思いながら紅茶を一口飲むと、レイモンドが頭を抱える。

「それでも、僕たちは一年の頃を知っているからね。女子が取り繕っているだけだって見抜けてしまうんだよ。だから、交際まで発展しないんだ」

去年は留学していたので学園の事情を俺は知らない。だから、二人から見た学園の様子をここで聞くことにした。

「他のグループはどうしたんだ？」

貧乏男爵家のグループの事情は聞けたが、問題は他のグループだ。お金持ちや地位の高いグループも多かったし、そいつらの事情も知りたかった。

ダニエルが嫌そうな顔で、去年の修羅場を教えてくれる。

「もう最悪だよ。リオンは留学して正解だったぞ。どこもかしこも婚約破棄で、阿鼻叫喚《あびきょうかん》って言葉がピッタリだったよ」

去年は地獄のような光景が繰り返されたらしい。

レイモンドも俯きながら、去年の酷さを語る。

「僕たち以外のグループは、婚約が決まっていた人も多いからね。結婚を急ぐ必要がないからって、ほとんどが婚約破棄をして修羅場になっていたよ。毎日のように、泣いている女子がいるのはきついよ」

ダニエルがお腹《なか》を手で押さえる。

「胃もたれするくらいに男女の修羅場を見てきたよな」

少しだけ見てみたい気もするが、二人がこれだけ嫌がるとなれば見なくて正解だろう。

「ほとんど婚約破棄か——おい、それならミリーとジェシカはどうした!? あの二人も婚約破棄されたなら、すぐに声をかけた方がいいぞ」

俺は二人の話を聞いて、一年の頃に女神扱いをしていたミリーとジェシカの二人の名前を出す。二人は酷い女子が多い中で、貧乏な男子グループにも優しかった。

そんな二人が婚約を決めた際は、ほとんどの男子たちが泣きながら祝福していたよ。

俺もその一人だ。泣きはしないが——二人の幸せは願ったね。

だって凄く良い子たちだったんだよ。

ダニエルとレイモンドも、二人のことを思い出したのか表情が険しくなる。

「ミリーとジェシカの婚約者たちは、絶対に婚約破棄しないと言いやがった。傷心中の二人に言い寄ろうと考える男子は多かったから、すぐに事実確認をしたんだよ」

「もう大勢で囲んで、縛り上げて吊《つる》したよね」

どうやら、婚約破棄騒ぎに乗じてミリーとジェシカのお相手を吊し上げたらしい。

こいつらも随分と過激だな。

俺は結果の予想がついてしまい、紅茶を飲んでから質問する。

「それで、失敗したと」

ダニエルがテーブルに拳を振り下ろした。

「あいつら、あの二人とは絶対に別れないって！　自分たちを一年生の頃から支えてくれた大事な人だから、最後まで守るんだって！　イケメンは心までイケメンかよ！」

お金持ちでイケメンのお相手たちは、ミリーやジェシカと婚約破棄などあり得ないと言ったらしい。

まぁ、俺でもそう言うだろうな。

元から性格の良い二人は、婚約後もお相手の二人と仲良くやっている姿を見ている。

そんな二人を捨てて、新しい相手を見つけたいとは思わないだろう。

レイモンドが眼鏡を外して涙を拭う。

「僕はあの二人が幸せならそれでいいよ」

そう言いながら、お相手の男子二人は吊したんだよね？

俺はミリーとジェシカが幸せそうで安心した。

「あの騒ぎの後でも大事にされる女子がいて、そうでない女子もいるわけだ。明暗がハッキリ分かれたな」

どんな状況だろうと、幸せを掴んでいる女子たちはいるわけだ。

日頃の行いがいかに大事かということだろう。

婚約破棄された女子たちについては——まぁ、頑張れとしか言えない。

ダニエルが俺を見て羨ましそうにする。

「お前はいいよな。婚約相手が公爵令嬢で、オマケに特待生も一緒だろ？　共和国ではお姫様とも婚約したしさ！」

アンジェとリビア、そしてノエルとまで婚約したおかげで俺は結婚という問題から解放されていた。

いや、むしろ問題なのはこれからか？

レイモンドが俺を見る瞳にも嫉妬が感じられた。

「こんな状況で誰を選べばいいのか決まらないんだよ。だから、リオンに相談して何か解決策を出してもらおうと思ったんだ」

「俺に解決策？　去年は学園を離れていたから、お前らより事情に疎いんだぞ。あ、それはそうとさ——」

俺は二人に共和国の学院について教えることにした。

「——共和国の学院ってさ、俺でも超紳士みたいな扱いを受けるんだぜ。ここでは当たり前の振る舞いをするだけで、女子が喜んでくれるんだ」

自慢話をすると、ダニエルとレイモンドが額に青筋を浮かべていた。

笑顔ではあるが、俺に対してかなり怒っているようだ。

「そ、それは羨ましいな」

「僕たちが大変な時に、海外で一人楽しく過ごしていたわけだ」

羨む二人に俺は有頂天になる。

「いや〜、貴重な青春を味わったよ。お前らも留学すれば楽しかったのにね」

煽《あお》ってやると、二人が俺に飛びかかってくる。

「この野郎！」

「やっぱりリオンはリオンだよ！　僕たちの気持ちも知らないで！」

二人に関節技を決められ、俺はすぐにギブアップをする。

「ギブ！　もうギブ！」

男三人で騒いでいると、ドアがノックされた。

◇

部屋から出ると、外は暗くなり始めていた。

俺を呼びに来たのはノエルであり、ダニエルとレイモンドも俺たちに付いてくる。

ノエルは俺の手を握って急いで現場に向かおうとしていた。

「ほら、急いで」

「急に呼び出すから何事かと思えば、ただの喧嘩だろう？」

「そうだけどさ。あたしは王国の事情に詳しくないけど、あれはまずいと思うよ」

俺が呼び出された理由だが、学園内で喧嘩が起きたからだ。

これが同性同士の喧嘩ならノエルも俺を頼らなかっただろう。

しかし、今回は男女の喧嘩だった。

以前の学園ならあり得ないことだが、今なら起こり得るのだろう。

「俺が行っても仲裁できないと思うけどね。そもそも、喧嘩の理由も知らないし」

やる気のない俺の態度に、ノエルが眉をひそめると後ろからダニエルが話しかけてくる。

「リオンは知らなかったのか？　今の学園は、お前の知っている頃とは大違いだぞ」

「何が違うんだよ？」

歩きながら振り返ると、レイモンドが詳しい事情を教えてくれる。

「僕らの頃と違って、男子が優遇されているんだよ。一つ下の後輩たちも厄介だけど、新入生はもっと酷いだろうね」

「酷い？」

「一年の頃の女子の立場が、男子に替わったのさ」

現場が近くなるに連れて騒ぎ声が聞こえてくる。

野次馬の生徒たちが囲んでいるのは、睨み合っている新入生の男子と女子だ。仲裁に入った教師の姿もあるが、睨み合っている二人に話を聞いてもらえていない。

そしてもう一人、アンジェの姿がそこにあった。後ろにはリビアが控えている。

アンジェは険しい表情で睨み合う二人を仲裁している。

「お前たち、いつまで喧嘩をするつもりだ？　これだけの騒ぎを起こすほどの喧嘩ではないだろうに」

ノエルに引っ張られて野次馬をかき分け中に入ると、女子生徒の方が激怒している。

「この者を許せと言われるのですか!?　わたくしは間違っていませんわ。後から来て、わたくしの友人を突き飛ばしたのはこの者ですわよ！」

その友人らしい女子は、転んだ拍子にかすり傷を負っていた。お嬢様言葉の女子生徒の後ろにいて、オドオドと「もういいから」と言っている。

対する男子生徒は、嫌らしい笑みでヘラヘラと笑っていた。

「俺の前をトロトロ歩いているお前らが悪いんだよ。お前ら女子は、男子様に道を譲って当然だろう？」

「何ですって？」

「あばずれが。そんな態度だと、嫁のもらい手がなくなるぜ」

「っ！　そ、そのような脅しには屈しませんわよ」

お嬢様言葉の女子生徒は、屈しないと言いつつも視線をさまよわせている。

この様子を見て、俺はレイモンドの話を理解した。

「うわ～、これは酷いな」

少し前なら考えられなかった光景に、俺はドン引きしてしまう。

嫌な男女逆転現象を見てしまった俺に気付いたリビアが、アンジェの腕を掴んで知らせていた。俺の到着を知ったアンジェが、ようやく来たかと小さくため息を吐いて安堵する。

アンジェとリビアに近付いて、詳しい事情を聞こうとすると周囲がざわついた。

「三年のリオン先輩だ」

「本物の侯爵様だぜ」

「思っていたよりも弱そう」

誰だ、俺を弱そうと言った奴は？　俺は器の小さな男だから、後でルクシオンに調べさせて仕返してやる。

それよりも、妙に目立っているため居心地が悪い。

一年の頃も悪い意味で目立ってはいたが、今の扱いは妙にむず痒《がゆ》い。

ノエルがアンジェに俺を差し出す。

「連れてきたわよ」

「やっと来てくれたか。リオン、悪いがお前が仲裁をしてくれ」

アンジェに頼まれたら素直に従うつもりだが、どのように仲裁をすればいいのか？　とりあえず、喧嘩をしている二人を見る。

「あ～、えっと」

話しかけようとすると、お嬢様言葉の女子生徒が一歩後ずさりする。

「ひっ！」

何故か酷く怯えられるのは不本意だが、これでは話が聞けないと思って男子生徒の方を見ればこちらは好意的だった。

「三年のリオン先輩ですね。俺はノールズ伯爵家の五男であるマルコです。先輩の噂は以前から聞いていますよ。腐った学園の風習をぶち壊した英雄だと、兄も褒めていました」

「それはいいけどさ。何でこんな場所で睨み合いをしているんだよ？　さっき聞いた話なら、お前が後から来て突き飛ばしたみたいだが、何か理由があるのか？」

何か事情があるのかと思って聞いてみたが、予想していたよりも酷い答えが返ってくる。

「いいえ、楽しそうに喋《しゃべ》っていたので苛つきまして」

「――――は？」

「俺より低い身分で、俺の前を歩いているのが気に入りませんでした。こういう女子は躾《しつ》けないと駄目ですからね」

俺は聞き間違いかと思って、アンジェの方に視線を向ける。アンジェは俺の言いたいことを察してくれたのか、腰に手を当てて俯いていた。

「世間知らずという奴だ」

ホルファート王国では、伯爵家以上の家柄であれば例外はあってもまともな家が多いと、少し前までは思っていた。

だが、目の前にいる男子生徒はその例外らしい。

マルコは俺が味方をすると信じて疑わず、俺の側に立つとお嬢様口調の女子に向かって指をさして宣言する。

「こっちには侯爵であるリオン先輩がついているんだ。お前らみたいな女子は、すぐに退学処分にしてやるぞ」

俺はマルコが何を考えているのか理解できなかった。そもそも、俺にそんな権限はないし、やるつもりもない。

どう見ても悪いのはマルコの方だ。

しかし、お嬢様口調の女子生徒は青ざめ、脚が震えていた。まるで退学が決定したみたいな雰囲気だが、俺に決定権はない。

仲間面をするマルコに、俺は当然のように言ってやる。

「いや、悪いのはどう考えてもお前だろ。さっさと謝れよ」

しかし、俺に言われたマルコは理解できないという顔をしていた。

「え？」

「え、じゃなくてさ。お前が悪いから謝れって言ったんだよ。後ろから急に突き飛ばすとか、何を考えているんだ？」

マルコが急に顔を赤らめ、そして唾を飛ばしながら俺に文句を言う。

「冗談じゃない！　どうしてこの俺が謝罪しないといけないんだ!?　俺は伯爵家の人間だぞ！」

「お前、それを言ったら仲裁していたアンジェは公爵家の人間だよ。何で素直に従わないの？　ほら、さっさと謝れよ。もう夜になったじゃないか」

辺りを見ればすっかり暗くなっている。

新学期早々、どうして俺はこんな馬鹿の相手をしなければいけないのだろうか？

マルコがわなわなと震え、俺に向かって殴りかかろうとするがそれを同級生が必死に止めに入った。

どうやらマルコの取り巻きらしい。

「マルコ坊ちゃん、相手が誰か思い出してください！　本当に殺されてしまいますよ。す、すみませんでした。本当にすみません。勘弁してください！」

取り巻きに言われて冷静になったマルコが、震えながら謝罪をしてくる。

「——申し訳ありませんでした。あ、あの、お金はすぐに用意するので、どうか命ばかりはお助けください。じ、実家にも頼んでできる限りのお金を用意しますから」

「いや、俺じゃなくて」

何でこんなに怯えているのだろうか？　そう思っていたら、周囲からマルコをあざ笑う声が聞こえてくる。

「あ〜あ、やっちゃった」

「侯爵様に喧嘩を売ったら終わりよね」

「あいつの方が退学じゃないか」

周囲の俺に対する評価が気になりつつ、何故か気持ち悪く感じてしまう。

俺の様子に気付いたアンジェが話しかけてくる。

「お前が来てくれたおかげで助かった。——後は私がやるから、先に部屋に戻ってくれ。詳しい事情は後で話す」

「あ、あぁ」

◇

夜。

部屋を訪ねてきたのは、アンジェ一人だった。

招き入れて飲み物を用意すると、椅子に座ったアンジェがカップを持って先程の詳しい事情を話してくれる。

「英雄というのは敵だけでなく、味方からも畏怖される存在だ。リオンが考えているよりも、お前の影響力は大きいぞ。私も公爵家の人間だが、お前は侯爵で国の英雄だからな。生徒たちの反応を見ただろ？　今のお前は、私以上の影響力を持っているよ」

「ルクシオンの力を借りた偽者だけどね」

ふざけた俺の姿に、アンジェは悲しそうに微笑んでいた。

話を聞いていたルクシオンが、アンジェに疑問をぶつける。

『伯爵家の五男は、随分と貴族社会に疎いようですね。公爵令嬢であるアンジェリカの仲裁を無視するとは意外です。それとも、アンジェリカの権限が低下しているのでしょうか？』

アンジェの影響力が落ちているという発言に、俺はルクシオンをたしなめる。

「言いすぎだぞ。見るからに馬鹿そうな奴だったし、世間知らずなだけだろ」

『学園全体でその世間知らずが増加傾向にあります』

「――そうなの？」

ルクシオンからアンジェに視線を移せば、馬鹿な男子が増えた理由を教えてくれる。

「貴族の男女比を知っているな？　男性が少なく、女性の結婚が難しくなっている。男性優位の社会に変化したわけだが、それを知った一部の男子たちの態度が悪くなった。去年はここまで酷くなかったが、今年からあの手の男子が増えるだろうな」

「伯爵家以上の家柄はまともだと思っていたのに」

「マルコは五男だ。ノールズ伯爵家は嫡男がしっかりしているし、次男から四男も優秀だったと聞いている」

それだけ聞いて、ルクシオンは納得したらしい。

『既にスペアのスペアも存在し、五男が家を継ぐこともない。そのため、教育はほどほどだったのでしょうね』

「末っ子を甘やかした結果だろうな。四男までは優秀だったのが余計に残念だよ」

貴族社会に詳しいアンジェのおかげで、俺も何となく理解できた。

世間知らずのボンボンのせいで、余計な迷惑に巻き込まれてしまった。

マルコの態度は今思い出しても酷かったな。

「少しは世間知らずを直して欲しいよな。俺が命令すれば退学にできるとか、一体何を考えているんだか」

『アンジェリカ、マスターの権限を使用すればあの女子生徒を退学にできましたか？』

何を思ったのか、ルクシオンがマルコの言ったことが俺に可能かを問う。

そんなの無理に決まっているはずだが、アンジェはカップを置いてアゴに手を当てて考え込んでいる。

「正規の手続きでは無理だが、今のリオンならばできるだろうな。相手の娘は子爵家の出身だ。リオンが望めば退学にできる」

アンジェの答えを聞いて俺は固まってしまう。

「いや、無理だって。学園長は師匠だよ。そんなの絶対に許さないよ」

今の学園長は俺の師匠だ。完璧紳士の師匠が、ほとんど言いがかりのような理由で女子生徒を退学させるなどあり得ないだろう。

ただ、アンジェは俺に「お前は甘いな」と言ってから、退学の方法を話す。

「学園長からすれば、新入生の女子生徒とお前では信用が違う。リオンがそれらしい証拠をでっち上げて退学を迫れば、許可くらい出すだろうさ」

「師匠の信頼を利用するとか絶対に無理！」

俺が即答すると、アンジェが複雑そうな表情を見せる。俺を責めるような、それでいてどこか安堵しているような顔だ。

「学園長が女性でなかったのは幸運だな。女性であれば、リオンは私たちを捨ててでも学園長を選んだはずだ」

「いや、それは違うと思うよ。俺は性別に関係なく、師匠のお茶に惚《ほ》れたんだ！」

誤解を解こうとしたのに、アンジェの視線が更に険しくなった。

「――そういうことにしておいてやる」

「な、何で怒っているの？」

助けを求めるようにルクシオンに視線を向けるが、一つ目を横に振っていた。

『普段の行いが悪いから信用を得られないのですよ。お茶よりも先に、もっと女心を学んだらどうですか？』

どうして俺は人工知能に女心について教えられているのだろうか？

アンジェは小さくため息を吐いてから、俺の顔を見つめる。

「リオン、お前は自分で思うよりも王国で強い影響力を持っている。ラーシェルがお前に懸賞金をかけた話は知っているな？　五百万ディアなど、これまでにない金額だぞ。奴ら、お前を国家の敵と認定したんだよ」

「最悪だよね。俺はできる限り被害が出ないようにしたのにさ」

「お前の優しさは私も好ましく思うが、それを侮辱ととらえる人間は多いからな。それにしても、男女の立場が逆転しただけとは何とも情けない結果だよ」

以前は男子が虐げられ、今は女子が虐げられている。

結果的に学園の状況は変わらないか、悪化していると言えるだろう。

ただ、ルクシオンはこの結果をはじめから予想できていたようだ。

『私から言わせていただければ、この結果は予想の範囲内ですけどね』

最初からマルコのような存在が現れると、ルクシオンは予想できていたらしい。

得意気に言うルクシオンを見ていると、俺は腹が立ってくる。

「知っていたなら教えろよ」

『私は意見を求められていません』

キッパリと言われて、俺が言い返せずにいると真面目な顔をしていたアンジェが破顔する。俺たちのやり取りを見て楽しかったようだ。

「お前たちを見ていると安心するな。まぁ、リオンが女子生徒を庇《かば》ったなら、少しは男子生徒も落ち着くはずだ」

俺の言葉だけで問題が解決するとは思わないが、思っていた以上に学園は酷い状況になっているな。

いや、変わっていないのか?

第04話「調査」

新入生も学園での生活に慣れた頃。

フィンリーは休日に浮島《うきじま》の港に来ていた。

わざわざ王都近くに浮かんでいるこの島の港に足を運んだのは、実家からの手紙が原因である。

待ち合わせ場所で、フィンリーは姉のジェナから届いた手紙を広げた。

そこには「王都に用事で向かうから出迎えよろしく」と書かれている。

ベンチに座ってジェナを待つフィンリーは、深いため息を吐いた。

「何で貴重な休日を使って、わざわざ私がお姉ちゃんを出迎えないといけないのよ」

休日が潰されることに不満のフィンリーだったが、ジェナと会えるのを少しばかり楽しみにしていた。

学園での生活には慣れてきたが、実家を思い出すことが増えている。

フィンリーは絶対に認めないが、軽いホームシックだ。

飛行船のタラップからジェナが降りてくると、その後ろから二人分の荷物を持ったカイルも現れる。

「久々の王都よ〜！」

感動しているジェナの後ろでは、荷物を抱えたカイルが呆れた顔をしていた。

「こちらで用事を済ませるのを忘れないでくださいよ」

「忘れていないわよ」

ジェナがフィンリーに気付くと、大きく手を振った。フィンリーはベンチから立ち上がると、小さく手を振る。

ただ、周囲が自分たちを見ていることにも気付いていた。

(うわ～、目立っているわね)

カイルを連れたジェナが、周囲の視線を集めていた。

理由は、専属使用人という制度がほとんど廃れてしまっているためだ。隠れて亜人種の奴隷を持つ女性もいるのだが、堂々と連れ回す人たちは減りつつあった。

だから余計に、ジェナは目立っている。

ジェナもそんな視線に気付いているが、無視してフィンリーに近付くと抱きついた。

「会いたかったわよ、フィンリー！」

「放してよ。それより、よく母さんたちが王都行きを許してくれたわね」

「一ヶ月ばかり必死に働いたらチャンスをくれたわ。案外チョロいわよ」

ジェナのそんな台詞に、フィンリーは呆れ果てる。

「調子に乗っていると失敗するわよ」

「それは絶対に嫌！　それはそうと、あんたもそろそろお茶会の季節じゃない？　男子から誘われたの？」

ニマニマと笑うジェナは、肘でフィンリーを小突いていた。

ジェナはからかうつもりのようだが、フィンリーは肩をすくめる。

「お姉ちゃんの頃とは違うのよ。五月のお茶会自体はあるけど、恋愛絡みじゃないわよ。本当に男子とお茶を飲むだけだって」

「え、そうなの？」

「そもそも、女子もお茶会を開きなさいって言われているし。私は兄貴に手伝ってもらう予定だけどさ」

「リオンはお茶には口うるさいからね。大したことないのに偉そうに振る舞うし、本当に性格の悪い愚弟だわ」

「でしょう！　それに門限は絶対に守れとか、とにかく五月蠅くて仕方がないわ」

ジェナは自分の学生時代と今を比べて、あまりの変わりように驚いていた。

「学園も随分と変わったわね。今の学園長は元マナー講師だったかしら？　お茶会自体はなくさなかったみたいだけど、女子が男子を誘うとか意味不明よね」

「どっちもいいみたいよ。友達を誘ってもいいから、何かしなさいだって」

「余計に意味不明じゃない。出会いもないお茶会とか、ただの暇潰しじゃないの？」

二人の会話を聞いていたカイルは、さっさと移動したそうにしていた。

「僕からすればどちらでもいいですけどね。はぁ、ご主人様たちは元気にしているかな？」

この場にいないマリエたちを心配するカイルに、フィンリーは問題ないと教えてやる。

「学園ではちょっと浮いているけど、問題なさそうよ」

「ちょっと浮いているなら普段通りですね。それを聞いて安心しましたよ」

カイルが安堵すると、タラップから兄のニックスに手を引かれて【ドロテア・フォウ・ローズブレイド】が降りてくる。

二人の姿を見たフィンリーは、どうしてこの場にいるのかとジェナに尋ねる。

「どうしてあの二人もいるの？」

「色々と買い付けに来たのよ」

よく見れば、ジェナたちが乗っていたのはバルトファルト家で一番大きな飛行戦艦だ。

ニックスが近付いてきて、フィンリーに話しかける。

「久しぶりだな。元気そうで安心したぞ。ところで、リオンは騒ぎを起こしていないだろうな？」

身の安全よりも面倒事を心配されるリオンだった。

「コソコソと動き回っている以外は大人しいわよ。私も兄貴のおかげで、割と平穏な学園生活が送れているわ」

リオンの妹というだけで、周囲が余計なことをしないのはフィンリーにとってもありがたい。

「まぁ、変なのも寄ってくるけどね」

「変なの？」

ニックスが首をかしげると、隣に立つドロテアが人差し指を立てて説明する。

「取り入ろうとする者たちですよ、ニックス様。リオン君は本当に人気者ですね」

そこでフィンリーの名前が出ないのは、周囲がフィンリーを通してリオンを見ているからだ。それがフィンリーには腹立たしい。

ムッとする妹を見たニックスが、話を変えることにしたようだ。

「リオンはともかく、お前は気になる男子とかいないのか？」

すると、フィンリーは普段から話をする男子生徒の姿を思い浮かべる。本当に馬鹿な男子だが、憎めない良い奴であるオスカルの姿だ。

「一人いるけど、友達みたいなものよ」

「いいじゃないか」

フィンリーたちは、そのまま会話をしながら移動して王都へと向かう。

◇

休日の学園校舎。

多くの生徒たちが休日を楽しんでおり、校舎に人気は少ない。

いるのは理由があって校舎にいる生徒か、教職員がほとんどだ。

そんな人気の少ない校舎の図書室に、マリエはコソコソと忍び込んでいた。

「何で私がこんなことを」

忍び込んだ目的は、ある人物たちの調査だった。

主人公ミア、悪役王女エリカと、二人の調査をリオンから任されている。

そんなマリエの側にはクレアーレの姿がある。

『仕方ないじゃない。マスターたちは、学園の外で調査を開始しているんだから』

「あ〜、連続殺人の事件を追いかけているんだっけ？　探偵の真似事よりも、学園内の調査を優先して欲しいわよね」

マリエはターゲットに近付くため屈《かが》み込み、足音を消して移動する。

「そもそも、兄貴って賞金首よね？　外を出歩く方が危険じゃないの？」

『ルクシオンがいるから平気——とは言えない状況だけどね。あいつの本体も王都近くに待機しているし、アロガンツはいつでも動かせる状態にしてあるわ』

「物騒だけど安心ね。でも、おかげで私一人が主人公と悪役王女の調査よ。あの守護騎士の人には絶対に近付くなと念を押されたけど」

『マスターが警戒していたわね』

マリエとクレアーレがターゲットに近付く。しかし、近くの本棚の裏側から男女の声が聞こえてきたので動きを止めた。

どうやら、同じ本を手に取ろうとして手が触れ合ってしまったらしい。

「失礼した」

「いえ、こちらこそ失礼しました」

マリエはまるでイベントのような出会いをしている二人が羨ましくなり、こっそりとのぞき込む。

「図書室で出会いイベントとか、まるで主人こ――う!?」

棚と棚の間にできた通路で向き合っているのは、ジェイクと女子生徒だった。平均的な身長よりやや低いジェイクが見上げるくらいに、女子生徒の方は背が高かった。

手入れの行き届いた艶のある綺麗な茶髪は腰まで届く長さで、スタイルも良く姿勢も良い。何か武術をたしなんでいるのか、芯のある立ち姿をしていた。

そんな女子生徒を見上げるジェイクは、手に取った本を相手に押しつける。

「俺は違う本を探す」

「いえ、それは申し訳ないです。それに、こちらも急ぎではありませんから」

丁寧な受け答えをする女子生徒を見上げるジェイクは、少しだけ驚いていた。

「――武の心得があるようだから荒っぽい奴かと思ったが、体格に似合わず臆病な性格のようだな。その背丈と体格だ、強いのだろう?」

ズケズケと物を言うジェイクに、女子生徒は少し驚くが恥ずかしそうに答える。

「実は背が高いのは気になっているんです。可愛くありませんから」

気にしているという女子生徒に、ジェイクはハッと気が付いて謝罪をする。

「悪かった。俺はお前の体格が良くて羨ましいと思ったが、女子のお前には失礼だったな。許して欲しい。俺は――ジェイクだ。お前は?」

女子生徒は困ったように微笑むと、丁寧な挨拶をする。

「二年生のアーロンです。――親しい人たちからはアーレと呼ばれています、ジェイク殿下」

「俺を知っていたのか。だが、アーロンか――いや、アーレの方が似合っているな。俺もそう呼ばせてもらいたいが、どうか？」

先輩だというのに、ジェイクの態度は変わらなかった。上級生に対して失礼であるが、本人は自然体でこれが普通という態度だ。

それに対してアーロン――【アーレ】は、何も言わずに微笑んでいる。

「是非お願いします」

「俺の態度に腹を立てると思ったが――ふっ、お前は面白い女だな。気に入った、お前も俺をジェイクと呼べ。殿下はいらない」

「そ、それは駄目ですよ」

「俺が決めたことだ。守らなければ、不敬罪で捕らえるぞ」

呼び捨てにしなければ不敬罪にすると無茶を言われ、アーレは渋々と納得する。

そのようなやり取りを聞いて、クレアーレが憤慨している。

『アーロンがアーレ？　リビアちゃんが名付けてくれた私の愛称と同じじゃない！　こんなの許せない、絶対に抗議してやるわ』

ただ、マリエは血の気が引いて青い顔をしていた。

「これ――ジェイク殿下の遭遇イベントなんですけど」

今のやり取りを聞いてマリエは思い出した。

主人公とジェイクが知り合った際に発生する会話に非常に近かったからだ。

しかし、相手が悪い。

「どうして攻略対象同士でイベントを消化するのよ！」

マリエはあまりの展開に、頭を抱えて身悶《みもだ》えてしまう。

当初の目的を忘れてしまったマリエだが、急に声をかけられて顔を上げる。

「どうかされましたか？」

「へ？」

そこに立っていたのは、様子を探る相手の一人——悪役王女エリカだった。

記憶にある顔立ちよりも温和そうに見える下級生は、マリエを心配して声をかけたらしい。いつの間にかクレアーレは姿を消していた。

マリエは慌てて立ち上がる。

「な、何でもないわ。ちょっと頭が痛くなっただけだから」

「それは大丈夫ではありませんよ」

「もう大丈夫。色々と受け入れられないことが続いて、パニックになっただけだから。だから心配いらないわよ」

作り笑いでこの場を乗り切ろうとするマリエに、エリカは少し首をかしげて微笑む。

「そうですか。でも、図書室では静かにした方がいいと思いますよ、マリエ先輩」

「私のことを知っているの？」

どうして自分のことを知っているのか？　冷や汗が流れるマリエだったが、エリカはクスクスと笑うと理由を話す。

「こう見えても王女ですから、聖女様のことは知っています。その――兄上が大変お世話になっているとも」

よく考えなくてもエリカは王族であり、マリエのことも知っていておかしくない。

マリエは「あ、あははは、こちらこそお世話になっています」と挨拶する。

二人が話をしていると、ジェイクとアーレもやって来た。ジェイクはエリカを見るなり、面倒な奴に出会ったという嫌そうな顔をする。

マリエは二人が出くわしたことに、嫌な予感がした。

(まずいわね。この二人、ゲームだと仲が悪いのよね)

「何だ、お前か」

「兄上も図書室でしたか」

「兄上は止《よ》せ。誕生日が数ヶ月程度しか変わらないだろうが」

「それでも兄上は兄上ですよ」

異母兄妹の二人は、ジェイクがエリカを苦手に思っているような関係だった。そこに強い警戒心はなく、マリエの知っている二人とは大きく違う。

その姿を見てマリエは更に混乱する。

(どういうことよ？　ジェイク殿下はエリカの性悪をある程度察していたはずよね？　だから警戒していたはずなのに)

◇

夜の王都を私服姿で歩く俺は、側にいる姿を消したルクシオンに小声で話しかけていた。

「姉貴の奴は何を考えて王都に来たんだ？　大人しく実家にいればいいのにさ」

『結婚相手を探すと言っておられましたね。私が遺伝子的に最高のパートナーを見つけて差し上げましょうか？』

「姉貴が見ているのは相手の容姿と財産だけだ」

『古来より甲斐性《かいしょう》があるというのは重要な要素ですよ。それだけ優秀であるという証拠でもあります。私が側にいてこれ以上はない甲斐性があるマスターに、女性があまり寄ってこないのは問題だと思いますけどね。甲斐性以外に問題があるのではありませんか？』

相変わらずマスターに対して辛辣な奴だ。

「婚約者が三人もいるなら十二分すぎるだろ。これ以上は贅沢って言うんだぜ。謙虚なマスターを持って嬉しいだろ？」

『謙虚な人間は三人も婚約者を作りませんけどね。――マスター、事件発生です』

「またかよ」

ルクシオンの誘導に従い事件現場に向かうと、そこには人だかりができていた。

王都では見回りが強化されており、明かりを持った兵士たちが布をかぶせた死体の周りに立っていた。

「また役人かよ」

「また上の連中が五月蠅く騒ぎ出すぞ」

駆けつけると既に野次馬たちが集まっていた。近付ける雰囲気でもなく、光学迷彩で姿を消したルクシオン頼りになる。

ただ、そんなルクシオンも魔装の妨害で情報収集能力が落ちている。

「これで七件目か」

『被害者はこれまでと同様に、最近になって出世した役人ですね。魔装を使用した痕跡があります』

わざわざ現場に出向いてきたのに、新しい情報は手に入らず進展はなかった。

「出世した役人ばかり狙っているな」

『魔装を使用しているのが謎ですね。どこで手に入れたのでしょうか？』

魔装を使用した黒騎士の爺《じい》さんや、セルジュのことを思い出す俺は首を横に振る。あんなものは、人間が使うべきじゃない。

「あんなのがそこら辺に転がっているとは思いたくないな」

『当然です。存在するだけで許されません』

魔装に対して強い嫌悪感を持つルクシオンは、この事件に関しては積極的に調査に協力してくれる。

凄惨な事件現場から離れようとすると、ある人物とすれ違う。

慌てて振り返ると、相手も俺に気付いたのか立ち止まり上半身だけをこちらに向けていた。随分と驚いた顔をしているが、それは俺も同じだ。

「帝国の守護騎士がどうしてここにいる？」

尋ねると、ヘリングの奴はこちらを警戒しながら答える。

「王都の様子を見たかっただけだ。観光だよ。それよりも、お前とは事件現場で遭遇するのは二度目だな」

俺よりも怪しい男が何を言っているのか？

「奇遇だな。俺もそう思っていたんだよ」

あの乙女ゲー三作目には存在しないはずの守護騎士に、事件現場で二度も会うなど怪しすぎる。

しかし、証拠もないため俺は引き下がることにした。ここで下手に敵対して、セルジュのような結果になるのだけはゴメンだ。

まずは徹底的に調査するとしよう。

「観光ならもっと有名な場所があるぞ。そこに行ったらどうだ？」

そう言ってこの場を離れると、

「――そうさせてもらう」

ヘリングも歩き去っていく。

現場から随分と離れたところで、ルクシオンが俺に警告する。ヘリングに対してかなり警戒した様子を見せていた。

『マスター、あのヘリングという男は危険です。僅かに魔装の反応を感じます』

「あいつが犯人か？」

『可能性は高いと思われます。留学しているとはいえ、神聖魔法帝国は神聖王国と古くから繋がりがある国ですからね』

国名に神聖とついているから、確かに似ているとは思ったけどさ。そんな古くから繋がりがあったのか？　――いや、授業で習った気がするな。

俺からすれば、ラーシェル神聖王国はミレーヌさんの敵！　としか思っていなかった。

「そういえば、授業で聞いた気がするな」

『――ご存じなかったのですか？』

魔装の反応を感知したルクシオンは、ヘリングに対して最大限の警戒を見せていた。

「あいつの目的も調べたいな。何を考えてこんな事件を起こしているんだか」

『魔装に理屈を求めるのは間違いです。マスター、奴らは新人類の兵器であり、この世界を滅ぼした元凶ですよ。考えるだけ無駄です。この場で私の本体とアロガンツを使用する許可をください』

「却下だ。王都を焼け野原にするつもりか？」

人工知能のくせに、魔装が関わるとすぐに感情的になる奴だ。

だが、俺から見てもヘリングは怪しかった。

「――ルクシオン、アンジェたちに門限は絶対に守らせろ。夜はできるだけ部屋から出るなとも付け加えておけよ」

『了解しました』

◇

深夜の学園に一人の女性が侵入した。

やって来たのは道具などが保管されている納屋で、女性が来るとドアが開き彼女を招き入れる。

部屋の中に入った女性は、その埃《ほこり》っぽさにハンカチで口元を押さえて思わず眉を寄せた。庭の手入れをする道具が置かれた部屋は、お世辞にも綺麗とは言えない。

「もう少し快適な場所を用意できなかったの？」

女性――メルセが、弟のルトアートに気が利かないと責める。

汚れの目立つ作業着姿のルトアートは、日々の仕事で忙しく苛立っていた。慣れない仕事をさせられ、不満がたまっているため口調も荒くなる。

「職員にそんな権限があるもんか。どうせなら、事務職として入り込みたかったよ。土を扱うなんて、私に相応《ふさわ》しい仕事じゃない」

ルトアートは淑女の森の手引きで、学園に職員として潜り込んでいた。

学園での情報収集や、工作などを任せられている。

しかし、うまくいっていないようだ。

「働いたことなんてないくせに」

「う、五月蝿いな！　私に相応しい仕事があれば、きっと活躍してみせるさ。本当なら、私の方が侯爵に相応しいのに」

リオンと自分の立場を比べ、嫉妬するルトアートの姿をメルセは冷めた目で見ていた。姉から見ても弟にそれだけの才覚がないと気付いていたためだ。

「あの糞野郎のリオンは嫌いだけど、ルトアートがあいつに勝てるわけがないわよ。ニックスにだって負けているのに」

「ま、負けてない！　計画が成功すれば、この私があいつらの全てを奪って侯爵になってやる！」

強がるルトアートに、メルセは興味のない態度を取る。

「なら精々頑張りなさい。それよりも、ちゃんと役目は果たせるのよね？　失敗は許されないわよ」

「女子をさらうだけだろ？　私にだってそれくらいできるさ」

「失敗は許されないとガビノ様も仰せよ。私たちが元の生活に戻るためにもね」

「当然だ。こんな扱いは間違っている」

自分たちは間違っていない。そう思って、二人はラーシェル神聖王国の支援を受けて王都で暗躍を続けていた。

◇

「攻略対象が、攻略対象を攻略した？　おい、もう何が何だか分からないし、俺は理解したくねーよ。もう勘弁しろよ。俺が何をしたっていうんだよ」

学園に戻ってきた俺は、マリエからの報告を受けて頭を抱える。

何故かアーロン改めアーレ――これではクレアーレの愛称とかぶるからアーレちゃんでいいか？

ジェイク殿下と出会いイベントを起こしてしまった。

攻略対象同士で良い感じになるとか、誰が予想しただろうか？

マリエも俺と同様に、この頭の痛い問題に額を手で押さえている。

「知らないわよ。私だってこんなの理解したくないわよ。これでミアちゃんの恋人候補が、一気に二人も脱落とか笑えないわ」

「お前らのせいだぞ。攻略対象を女子にするとか、頭おかしいだろ」

「私だってこうなるなら女の子にしなかったわよ！　全部クレアーレが悪いのよ！」

『マリエちゃん酷い！』

罵り合う俺たちを見て、ルクシオンが呆れている。

『本当に進歩のない人たちですね。いっそ、こちらでミアと攻略対象の関係を取り持ってはいかがですか？』

ルクシオンの提案が正しい気もするが、俺にはできなかった。

「――いや、それは止《や》めておく」

無理にジェイク殿下とミアちゃんを引き合わせてもいいのだが、介入することで余計な問題が発生するのは避けたかった。

今更という気もするが、これ以上のイレギュラーは俺たちとしても勘弁して欲しい。

それに、共和国ではノエルの件もある。

転生者である妹のレリアが無理矢理付き合わせようとした結果、とんでもない結果になったからな。

俺たちが同じことをしないとも言い切れないから、成り行きに任せることにしていた。

それに、最大の懸念であるラスボスは、俺たちが既に倒した後だ。

茂みに隠れて俺とルクシオン、そしてマリエとクレアーレで顔を突き合わせて今後の相談をする。

「話を変えるか。――外の様子だが、七件目の事件が発生した」

「またなの？　兄貴も出歩かない方がいいわよ。殺人鬼とか怖くないの？」

「安心しろ。俺も殺人鬼だ」

殺した数だけで言えば、今回の事件など比べるまでもない。戦場に出て大勢を殺した俺の方が殺人鬼に相応しいという、ブラックジョークのつもりだったのだが……。

うっすら笑みを浮かべた俺に、マリエが怒って顔を背ける。

「変な冗談は言わないでよ」

「悪かったよ。まぁ、俺たちの方は平気だ。わざと見せつけるように出歩いているからな。それよりも、学園の中だからってお前らも安心するなよ」

学園の中も外も危険が多い。

クレアーレは学園内の警備を担当しており、任せて欲しいと言う。

『そっちは私の方で何とかするわ。それよりも、魔装はルクシオンが対処してよ。私だと太刀打ちできないわよ』

全員の視線がルクシオンに向かうと、本人はやる気を出している。

『任せてください。新人類の遺物は全て消滅させます』

頼もしいが少し怖いな。

◇

五月のお茶会。

俺にしてみれば久しぶりの行事だが、その内容は大きく変わっていた。

以前は男子が招待する側だったのに、今年から男女関係なく招待できるようになっていた。

お茶を広めようという師匠の崇高な目的に感銘を受けた俺は、積極的に参加するためにフィンリーのお茶会にも口を出している。

「お前はお茶を何だと思っている！」

「ひっ!?」

フィンリーの用意した紅茶を飲み干し、俺は駄目出しをする。というか、そもそも駄目なところしかない。

「何もかも駄目だ。ただ用意すればいいというお前の軽薄な感情がお茶ににじみ出ているぞ。それにお菓子も駄目。組み合わせがなってない。やり直せ」

「そこまで怒ることないじゃない！」

「お前が変なお茶会を開くと、俺まで信用を落とすだろ」

「兄貴は自分のお茶会だけ気にすればいいじゃない」

「俺は四月から準備をしているから問題ない」

「何それ、逆に怖い。普段は何でも大雑把なくせに、何でそんなにお茶にこだわるの？」

「いいからやり直し」

ゲンナリするフィンリーは、肩を落としてやり直すために厨房《ちゅうぼう》へと向かう。

そんなフィンリーを励ますのは、何故かこの場にいるオスカルだ。

「ファイトですよ、フィンリーさん」

一緒にフィンリーの用意した紅茶やお菓子を飲み食いするこの男は、この場にいるのが自然という顔をしていた。

「オスカル、何でお前がここにいる？　お前はジェイク殿下の乳兄弟だろ？　側にいなくていいのか？」

ジルクのように殿下の側にいろと遠回しに言うが、こいつには察する能力がないから無意味だった。

「お気遣いありがとうございます。ですが、今の殿下はアーレさんとの時間を大切にしたいそうです。乳兄弟として、お二人の邪魔はできません」

察しは悪いが、根はいい奴だな。

ユリウスがジルクと交換したがるのも頷ける。

だけどさ――頼むから、君は自分が攻略対象の一人だと自覚を持ってくれ！　いや、こっちの勝手な要望だけどさ！

「フィンリーと仲が良さそうだな。その――付き合ってないよな？」

探りを入れると、オスカルがまんざらでもない顔をしている。

「親しくさせていただいておりますが、残念なことに友人止まりです」

「残念!?　お前、あいつの何がいいの!?　クラスにはもっと可愛い子とかいるだろ？　ほら、留学生の子とかさ！」

主人公を意識していないのか確かめると、こいつは首をかしげる。

「すみません、クラスメイトの名前を全員覚えていないので誰のことだか」

「帝国からの留学生くらい覚えておけよ！」

「あ～、顔は何となく思い出せます。可愛らしい感じの方でしたね。でも、それが何か？」

あまり興味がないらしいオスカルの態度に力が抜ける。

そんなオスカルが興味を示したのが、何故かフィンリーというから驚きだ。

これ、マリエたちに何て報告しよう？

◇

「馬鹿じゃないの？　兄貴、本当に馬鹿じゃないの？」

『まさかフィンリーちゃんが攻略対象の一人を射止めるとは予想外ね。でもこれって、マスターの責任よね？』

どうして俺のせいになるのだろうか？

茂みの中、いつもの四人で顔を突き合わせて今後の相談をしていた。

俺がオスカルの件について相談すると、マリエとクレアーレから責められた。

クレアーレは、オスカルに何か思惑があるのではないか？　と想像しているらしい。

『これ、もしかしたらフィンリーちゃん狙いじゃなくて、マスター狙いじゃない？　あ、性的な意味じゃないわよ。マスターとの縁を狙って、フィンリーちゃんに近付いた可能性があるわよ』

そんなクレアーレの意見を、マリエがすぐに否定する。

「そこまで頭が回る子じゃないのよね。お馬鹿だけど悪い子じゃないし」

あのオスカルが全て計算の上で行動しているなら、むしろ称賛してやりたいくらいだ。

それに悪い奴じゃないのは確かだ。

――馬鹿だけど。

問題はそんなオスカルが、フィンリーに夢中になっていることだ。

少し前にジェイクとアーレの件で二人を責めた俺は、フィンリーの件で二人から責められている。

「これで残り二人か」

マリエがぼそりと呟くのは、残った攻略対象の数だ。

このままでは攻略対象三人が、俺たちのために主人公の恋人候補から脱落してしまう。

アーレの件以外では、今回は何もしていないはずなのに！

第05話「ラーシェル神聖王国」

夜。

人気のない路地裏にフレッドは来ていた。

怯えているため震え、周囲をしきりに気にかけていた。

最近は役人を狙った事件が頻発しており、フレッドも自分が狙われるのではないかと不安に思っていた。

すると、暗闇に隠れて手招きをするフードをかぶった女性を発見する。

女性はフレッドが近付くとフードを脱ぐ。現れたのはメルセであった。

「遅かったわね、フレッド」

王宮で医者をしているフレッドは貴族であるが、メルセは気にせず呼び捨てだ。だが、弱みを握られているフレッドは、口答えせず持ってきた荷物をメルセに手渡す。

「約束の物を持ってきた」

中身を確認するメルセは、小さな小瓶を手に取るといたずらっ子のような笑みをフレッドに向けた。

だが、その瞳の奥は妖しい光を帯びていた。

「ちゃんと持ってきてくれて嬉しいわ。これで、本当に私が望んだ条件を満たせるのよね？」

メルセがフレッドに用意させたのは毒だった。

「――遅効性で無味無臭。飲み物に混ぜても違和感がない物だ。よ、用意したから、これで約束は守ってくれるな？」

「あんたの秘密は黙っていてあげるわ。それにしても、友達の陛下をよく裏切れたわね」

フレッドをあざ笑うメルセは、薬の入った小瓶をしまい込む。

そして、フレッドの胸倉を掴んで引き寄せた。

「あの無能な王様が倒れたら、あんたは予定通り行動しなさい。何でもいいから時間をかけて、混乱させればいいわ」

脅しつけるメルセに、フレッドは青い顔をしながら問い掛ける。

「あ、あんたたちは、一体何を企んでいるんだ!?」

フレッドはメルセに突き飛ばされると、尻餅をつく。

メルセはそんなフレッドを見下ろして、意地の悪い顔で笑っていた。

「お前は何も知らなくていいのよ。でも、特別に教えてあげる。王国が本来の姿を取り戻す日が近付いているわ。楽しみでしょう？」

気分の良いメルセは、そう言ってこの場を去るとローランドが待つ店へと向かう。

◇

「もうすぐ出会って一ヶ月になるというのに、相変わらずメルセは冷たいな」

深夜、ローランドは酒場の前でメルセとの今夜の遊びを切り上げようとしていた。遊びと言っても一緒に酒を飲むだけで、それ以上のことは何もしていない。

「またそんなことを言って。私は軽い女ではないんですよ」

今日のメルセは随分と機嫌が良いと気付いたローランドは、キスを迫ることに。

「それではお別れのキスを――」

ローランドが顔を近付けると、メルセの指が唇に当てられた。

「それは今度のお楽しみです。楽しかったですよ、リオンさん」

メルセが上機嫌に去っていく後ろ姿を見ながら、相変わらずリオンという偽名を使うローランドは深いため息を吐く。

「今度のお楽しみとは最後まで意地の悪い女だな。――さて、私はそろそろ戻るとするか」

◇

ローランドと別れたメルセは、淑女の森のアジトがある地下へと来ていた。

丁度、ガビノも訪れておりメルセに気付くと微笑みかけてくる。

「これはメルセ嬢ではありませんか。その様子なら、計画は順調のようですね」

「は、はい、ガビノ様。ご指示通りにやり遂げましたわ」

紳士的で優しいガビノに、メルセは酒で酔った顔を更に赤くする。

ガビノは指示通りに動いたメルセに近付き、手を握ると大喜びする。

「何と！　よくぞやり遂げてくれました。これで、王国は大混乱に陥るでしょう。皆さんの苦労がようやく報われますよ！　あなたは素晴らしい女性だ、メルセ嬢」

「そ、そうですか？」

久しく男性から褒められることがなかったメルセは、ガビノの言葉に気分を良くする。

そんな様子を見ていたゾラが、メルセに張り合うようにガビノに近付いた。

「ガビノ様、私も頑張っておりますわ」

「えぇ、忘れておりませんとも。高貴な生まれでありながら、このような地下で辛い毎日によくぞ耐えましたね。数日中には、王国は昔の姿を取り戻します。そうなれば、また優雅な暮らしに戻れますとも」

淑女の森に所属する女性たちが、ガビノの言葉に安堵した表情をする。

すると、代表がガビノに頑丈に施錠された分厚いドアを見ながら問う。

「ところでガビノ様――また一人ご用意しましたわ」

多くの視線が分厚いドアに向かう。

分厚いドアの向こうからは苦しむ男性の声が聞こえ、女性たちはその声に怯えていた。

ガビノは微笑む。

「それでは調整を開始しましょうか」

◇

淑女の森のアジトを出たガビノは、部下を一人連れて王都を歩いていた。

手帳には淑女の森以外にも、王都に隠れ潜む元貴族や不満を持つ集団の組織の名前が書き込まれている。

手帳を見て考え込んでいるガビノの背中を見ながら、部下が問い掛ける。

「どうして毒薬をこちらで用意しなかったのですか？」

それはメルセに面倒なことをさせず、毒薬くらい自分たちが用意すればいいという当然の疑問だった。

ただ、ガビノは部下に「甘いな」と言ってから、このような回りくどいやり方をしている理由を話す。

「毒の有無など関係ない。あの連中が本当に目的を果たせると思うのか？　私たちの本命は別にあるのを忘れるな」

「しかし、これが成功すればホルファート王国は我らの傀儡《かいらい》になります。支援した者たちが権力を握れば、ラーシェル神聖王国はレパルトに集中できます」

部下の話を聞いて、ガビノは冷たい視線を向ける。

「奴らが成功することはない。どうせ失敗するだろうから使い潰せばいいのだよ。まぁ、あの曲者《くせもの》ローランドに毒を飲ませたのは褒めておこう」

ガビノはそう言って、アルゼル共和国で付けた額の傷に触れると眉間にしわを寄せる。

それからすぐに無表情に戻ると、次のアジトへと向かった。

◇

翌朝。

王宮ではミレーヌとローランドが、同じテーブルで食事をしていた。

長方形のテーブルの端と端に座り、向かい合ってはいるが距離がある。

その距離が、二人の夫婦としての距離を示しているとミレーヌは考えていた。

政略結婚で互いに愛を持たない関係だ。

それが普通とも考えているが、普段から楽しそうに夜遊びをしているローランドのことを腹立たしく思っていた。

だから、どうしても嫌みを口にしてしまう。

「昨晩も遅くまで飲み歩いていたそうですね」

顔色が悪く食事が進まないローランドに、ミレーヌはまた二日酔いかと呆れていた。

政務を自分に押しつけ、遊び歩くローランドがミレーヌは嫌いだった。

これで何もできない無能なら放置していたが、ローランドは政務に関してミレーヌに劣っても能力は低くない。

むしろ、やらせるとできてしまうから質《たち》が悪い。

できるのに仕事をしないというのが、ミレーヌの神経を逆なでしていた。

ただ、今日のローランドは口数が少ない。

(いつもなら、嫌みや皮肉を返してくるはずなのに今日は静かね)

気になりながらも、ミレーヌはローランドに話を続ける。

「最近は物騒です。見回りも増やしていますが、陛下も危険ですから遊びは控えて――」

言い終わる前にミレーヌは席を立つと、椅子を倒してそのままローランドの方へと向かう。周囲にいた者たちも大慌てでローランドに駆け寄っていた。

ローランドは青白い顔をして、椅子から滑り落ちるとそのまま床に倒れ込み起き上がらない。

「陛下！」

ミレーヌがローランドの側に来ると、まだ呼吸はしていた。

すぐにミレーヌは、宮廷医のフレッドを呼びに行かせる。

「フレッド殿をすぐに呼びなさい！　早く！　陛下、大丈夫ですか？　すぐにフレッド殿が来てくれますよ」

声をかけ続けるミレーヌに、ローランドは目を開けた。そして、ミレーヌの腕を掴むと声を絞り出す。

「私が倒れたことは秘密に――それから――何かあれば――小僧を――」

そのままローランドが咳《せ》き込むと、ミレーヌは涙をこぼしていた。

「陛下――あなた！」

◇

学園はお茶会の準備で少しだけ騒がしくなっていた。

準備をするために動き回る生徒や、誰を招待するか、誰のお茶会に参加するかと騒いでいる生徒たち。

この賑わいは嫌いではないが、俺は別件で図書室にいた。

放課後の図書室で、リビアと二人きり。

姿を隠しているルクシオンもいるが今は会話に加わってこない。他にも図書室で本を読んでいる生徒たちもいるが、その数は少なく周囲に人はいない。

だから、実質二人きりと言えるだろう。

俺はヴォルデノワ神聖魔法帝国に関して情報を集めているのだが、リビアが手伝うと言ってくれたので付き合ってもらっていた。

今はヴォルデノワ神聖魔法帝国とラーシェル神聖王国との関係について書かれている本を読んでいる。

授業で少し学んだが、本にはより詳しい内容が記されていた。

「かつて帝国から友好の証として皇族に特別な鎧が贈られた、か。ラーシェルの国名に神聖が付いたのもこの時期からか」

随分と昔に深い繋がりを持った国同士らしいが、現在でもその流れで交流があるようだ。

ミレーヌさんの敵の味方か——俺にとっては敵だな。

ヴォルデノワ神聖魔法帝国も、俺の中では嫌いな国リストに載せておこう。もっとも、嫌いな国リストにはラーシェルと帝国くらいしか書かれていないが。

そうなると、主人公はラーシェル神聖王国とも繋がりを持っていることになるな。

面倒なことにならないように祈っていると、リビアが口を開いた。

「リオンさん、また無茶をしているそうですね？」

並んで座っているリビアが、視線は本に向けながら尋ねてきた。

曖昧な質問に対して俺は、当たり障りのない回答しかできない。

「面倒が多いから大変だよ。一年の馬鹿共は説教しないといけないし、フィンリーのお茶会も手伝わないといけないからな」

こう見えて学園でも忙しかったりする。

世間知らずの男子生徒が問題を起こすと、何故か俺が呼び出される。

その大半が男女間のトラブルだ。

これが恋愛関係ならお手上げだったが、悲しいことにそれ以前の問題だ。男子が女子に迷惑をかけているから助けて欲しい、というものばかりだ。

ただ、リビアは手を止めると俺に顔を向けてくる。

聞きたかった内容は、どうやら別にあるらしい。

「毎晩のように出歩いているそうですね？」

「――誰から聞いた？　ローランドか？」

俺が夜に出歩いているのを知っている奴がいるとすれば、ローランドくらいだろうと思って名前を出すとリビアが頭《かぶり》を振る。

「頻繁に出かけていれば、学園の生徒だって気付きますよ。噂になっていますからね」

僅かに目を細めたリビアの責めるような視線に、俺は視線を逸らす。

夜に外出している理由について詳しく説明できない俺は、はぐらかすことにした。

「べ、別にやましいことはしていないよ。ほ、本当だよ」

夜な夜な女遊びをしていると勘違いされても嫌なので、先にそれはないと言っておく。

ただ、リビアは俺の女遊びを心配していなかった。

「女性のにおいがしませんから、それは心配していません。でも、危険なことをしていますよね？」

「――まぁ、多少。え？　臭い？」

「リオンさん、話してくれますよね？」

どこまで知っているのだろうか？　こうなれば、いくらか真実も交ぜて事情を説明した方が良さそうだ。

嘘を吐くコツは、その中に真実を織り交ぜることにある。ただ、俺のような正直な人間は、嘘など言わない。――都合の悪い真実を隠すだけだ。

「いや～、これはあれだよ。最近増えている連続殺人事件を追っているんだ。まだ犯人は捕まっていないし、安心できないだろ？」

「それはリオンさんの仕事じゃないと思います。それに、危ないですよ」

俺を心配してくれているリビアが不安そうにしている姿に、心が痛む。

だが、放置できない理由もあるので継続するしかない。

「大丈夫だよ。色々と片付いたら説明するから、何かあった時はクレアーレを頼って欲しい」

あいつがいれば、問題が起きても時間稼ぎや脱出くらいできるだろう。

そんな俺の願いにリビアは不満を抱く。

「――そんなに私たちが頼りないですか？」

「いや、そんなことはないけど」

「リオンさんが大事に想ってくれているのは知っています。でも、私たちをもっと頼ってください。私やアンジェは、リオンさんの役に立ちたくて頑張ってきたんです。もう、以前とは違うんですよ」

リビアやアンジェが、俺の留学中に努力しているのは聞いていた。聞いてもいないのに、クレアーレの奴が報告してきたからな。

俺のためと聞いて嬉しくもあるが、それでも危ない場所に連れていきたくなかった。

「それでも俺は、危ない場所にみんなを出したくないよ」

「リオンさんにとって、私たちは必要ないんですか？　私はリオンさんが思うよりも――」

魔法に関して言えば、知識も実力も俺よりリビアの方が優れている。

俺だってリビアの実力は認めていた。

だが、それでも——と思ってしまう。

「男の子にも意地があるからね。たまには俺も頑張らないと、リビアに捨てられるだろ？」

ルクシオンのオマケみたいな俺でも、ちょっとくらいの意地はある。

ただ、リビアは理解してくれないようだ。

「私もアンジェも絶対に捨てません」

リビアが怒って視線を本に戻すのを見て、俺はもっとうまく言いくるめるべきだったと反省して小さなため息を吐く。

俺も本に視線を向けたところで、リビアの声が聞こえる。

「絶対に捨てませんけど——捨てられたらどこまでも追いかけて、また振り向かせてみせますから」

何と嬉しい言葉だろうか！　などと喜べる鈍感ではない俺は、ぎこちなくリビアの方に顔を向けた。

リビアは本に視線を落として調べ物を続けている。

普段と変わらないその姿だが、先程の台詞は妙に怖かった。

口調も原因だろうが、酷く重い何かを俺の危機管理能力が感じ取っていたからな。

「あ、あの、本当にすみませんでした。許してください」

あまりの怖さに謝罪をしてしまう俺に、リビアが顔を上げて微笑みを向けてくる。

「何を謝っているんですか？」

ただ優しい笑顔なのに、「もしかして、私たちを捨てるつもりだったの？」と問い詰められた気がした。満面の笑みが威圧感を放っているようにしか見えない。

きっと俺の気のせいだろう。

優しいリビアが、そんな怖い女のはずがない。

「――何でもないです」

そもそも、捨てられるとしたら俺の方だろう。

愛想を尽かされた末に、という未来が容易に想像できてしまう。

◇

夜の女子寮。

アンジェの部屋を訪ねたノエルは、椅子に座って部屋の中を眺める。

「あたしの部屋も結構な広さだったけど、アンジェリカさんには負けるわ」

学園がノエルのために用意した部屋でも十分すぎる豪華な部屋だったが、アンジェと比べると一段劣っていた。

それをノエルは不満には思わない。むしろ、豪華すぎて落ち着かないというのが本音だ。

ただ、ノエルはアンジェの部屋にリビアの私物が多いことに気付く。

（この部屋、二人で使っているのかな？）

今も自然とリビアが部屋にいるが、普段から一緒に過ごしているのかも知れない。

ノエルが部屋の様子を見ていると、アンジェが呼び出した理由を説明する。

「わざわざ来てもらって悪いな」

「別にいいわよ」

「実はリオンのことで相談がある。あいつはまた私たちに隠れてコソコソと動いているようだ」

アンジェが腕を組んで俯き、小さなため息を吐く姿はリオンを心配しているように見える。ただ、そこには少しの失望も見える。

リビアの方はリオンに対して怒っているのか、表情が普段よりも険しい。

「今日もルク君と一緒に出かけていきましたよ。私たちには、絶対に門限を破らないように注意していたのに」

ノエルもリオンが夜に学園の外に出ているのを知っていた。教師たちも気付いているのだろうが、堂々と門限を破るリオンを誰も咎《とが》めない。

それだけリオンが権力を持っている証でもあるが、婚約者という立場のノエルにとっても面白い話ではない。

「マリエちゃんが言うには、女遊びは絶対にないらしいけどね。それより、殺人犯を追いかけているって話の方が怖いよね」

王都で起きている連続殺人事件を追いかけていると聞いて、ノエルは呆れるよりも先に怖くなった。

一体何を考えて、学生がそんなことをしているのだろうか？

アンジェは事件について調べたのか、資料をテーブルの上に置く。

「宮廷貴族たちが狙われている事件だな。どれも役職を与えられたばかりの役人たちで、有能だったそうだ」

旧ファンオース公国。現在のファンオース公爵家との戦争により、王国は嫌でも改革をする必要性が出てきた。

王国を裏切っていた貴族もいれば、戦争から逃げ出した貴族もいる。そうした者たちの家を大量に取り潰した結果――人手が足りなくなってしまったのだ。

人手を補うために多くの有能な若者を取り立てたのだが、そんな彼らを狙った殺人事件が七件も続いていた。

ノエルは資料を手に取り内容を確認する。

「もしかして、役職を奪われた人たちの犯行かな？」

ノエルの予想にアンジェも同意している。

「その可能性は高いな。しかし、犯人を捕まえられないとは王都の者たちも情けない。もしくは、犯人が凄腕か」

そのせいでリオンが出歩いていると思えば、アンジェも王都の警備を担当する者たちに腹が立つのだろう。

リビアは凄腕かも知れない犯人にリオンが挑むのを想像したのか、少し怯えていた。

「また無茶ばかりして。――リオンさんが心配です」

学園の外ばかり注意している二人に対して、ノエルは内部の方を気にかけている。

「外も大変だけど、中も変な感じよね。マリエちゃんがずっとソワソワしているし、何だか怪しい職員もいるしさ」

怪しい職員と聞いて、リビアも何か思い当たることがあったらしい。

「そういえば、少し前にリオンさんと歩いていると睨んでくる職員さんがいましたね」

「オリヴィアさんも睨まれたの？　実はあたしも睨まれたんだけど、リオンが気にしなくていいって言うからさ。他の子たちも噂をしていたけど、恋人同士だと睨んでくるみたいね」

二人の会話を聞いて、アンジェだけは覚えがないようだった。

「――私はリオンと一緒にいても、職員に睨まれた覚えがないが？」

何故か少しだけ不満そうにするアンジェに、ノエルが気遣う。

「アンジェリカさん、この国では有名人でしょう？　身分も高いし、相手も畏縮《いしゅく》して睨めなかったんじゃないの？」

「そうだろうか？　お前たちと違って、リオンと恋人に見えなかったという話ではないよな？」

「だ、大丈夫だと思うよ」

きっと、気の強そうなアンジェ本人が怖くて睨めなかったのだろう――などとは、言えないノエルだった。

◇

学園の中庭。

夜に外灯の下で、マリエはある人物を待っていた。

図書室で遭遇した日、マリエはエリカと話をする約束を取り付けていた。

今日がその日である。

ただ、エリカ自身は王族で取り巻きも多く、一人になる機会がほとんどない。

自由に動き回れるのは夜くらいだ。

現れたエリカを見て、マリエは緊張しながらも座るように促す。

暗くなった学園の中庭で、マリエは外灯の下にあるベンチに座ってエリカに切り出す。

「え、えっと、エリカ様。実は相談が――」

話をしつつ相手の出方を探ろうとするマリエに、エリカは微笑むと予想外の言葉を発する。

「その前に、私から質問させてください。――マリエ先輩は転生者ではありませんか？」

「――え？」

エリカから転生者という言葉を聞いて、マリエは混乱して話ができなくなった。そんなマリエに、エリカは自分の胸に手を当てる。

「私も同じですよ。気が付いたらエリカ・ラファ・ホルファートとして生きていました。正確に言えば、憑依《ひょうい》なのでしょうね」

「嘘でしょ!?　な、なら、どうして今まで」

エリカが転生者であるならば、どうして今まで自分たちを放置してきたのか？　あの乙女ゲーのシナリオを知っていれば、以前から異変に気付いたはずだ。

マリエの疑問をあらかじめ予想していたエリカは、自分の体について話をする。

「去年まで病弱で、あまり歩き回れる体ではありませんでしたから。それに、お父様が過保護であまり外に出してくれなかったのです。それでも、聖女様と侯爵様のお話は私の耳にも届いていましたよ」

年齢に似合わず落ち着いた雰囲気のエリカに、マリエは座っていたベンチから滑り落ちるように地面にくずおれた。

「緊張して損したじゃない！　それなら、中身の年齢は？　私、こう見えても結構な年上だから敬いなさいよ」

いきなり年齢でマウントを取ろうとするマリエに、エリカは困ったように笑いながら自分の前世の年齢を告げる。

「六十過ぎでした」

予想していなかった答えに、マリエは頭を下げる。

「生意気言ってすみませんでした」

「え？　あ、あの、気にしていませんよ。それより、こうして私と話をしようとしたのは、あの乙女ゲーについてですよね？」

マリエは顔を上げて大きな声を出す。

「そうだった！　あのね、私も兄貴も三作目の内容をほとんど知らないのよ。だから、知っているなら色々と教えて。今の状況、ちょっとまずくってさ」

マリエがエリカの手を握る。

エリカは少し驚きつつ、マリエが言いたいことを自分で整理した。

「バルトファルト侯爵も転生者だとは思っていましたが、前世で血縁関係があったのですか？」

「そう！　兄貴もこの世界に転生したのよ。私がゲームを押しつけたせいかも知れないけど、おかげで大変な目に遭ったわ」

マリエの話を聞いていたエリカは、何かに気付いて尋ねようと口を開きかける。

しかし、この場に人を捜している女子生徒が現れ、二人の話し合いは中断された。

「騎士様～、どこですか～。騎士さ――ッ」

走って誰かを捜している様子の女子生徒が、暗闇の中で急に倒れ込んだのだ。慌ててマリエとエリカは駆け出し、近寄って抱き上げる。

その女子生徒はミアだった。

苦しそうに胸を押さえており、マリエが治療魔法を使用する。

「ちょっと、病気なら無理をしないでよ」

「すみま――せん。前から調子が――悪くて。だから――騎士様に――お薬をもらおうと。こ、これくらいなら大丈夫かと思って」

多少の距離なら走れると考えたのだろうが、そのせいで体調が悪化している。

苦しそうにしながら事情を話すミアの手を、エリカが優しく握る。

「大丈夫ですよ。落ち着いてゆっくり呼吸をして」

手を握られたミアが、エリカの指示通りに呼吸をすると段々と苦しさが和らいだようだ。

険しい表情も随分と穏やかになり、マリエは安堵した。

「良かった」

(でもおかしいわね。どこも悪くないように感じるけど)

治療魔法を使用したが、マリエには治療したという手応えがなかった。

どこが悪いのかも判明せず仮病も疑ったが、ミアの方は本気で苦しそうだった。

それなのに、マリエの治療魔法を受けたミアは確かに改善していた。納得できない感覚はあったものの、治療できたならいいかと思ってマリエはミアに話しかける。

「もしかして、持病でもあるの？」

(元気いっぱいの女の子って設定だったわよね？)

ミアの状態にマリエは違和感を持つ。

「去年から急に苦しくなることが増えたんです。それまではこんなこと一度もなくて、普通に走り回っていたんですけどね」

「――そうなんだ」

去年から急に病弱設定になったというミアの話を聞いて、マリエはエリカの方を見る。

(こっちは今まで病弱だったのに、急に元気になったのよね？　どうして病弱設定が入れ替わっているのかしら？）

　考え込むマリエに代わり、エリカがミアと話をする。

「あなたの騎士様が持っているお薬は、他では手に入らないのかしら？」

「ブーく――い、いえ、そうです。騎士様が用意してくれる特別なお薬なので、他では手に入らないと聞いています」

「そう。――あなたの騎士様は薬学にも精通しているのね」

　エリカがヘリングを褒めると、ミアの顔が照れて少し赤くなった。ヘリングを褒められて嬉しいのか、聞いてもいないことまで話し始める。

「そうなんです。騎士様は本当に凄い人なんですよ。帝国でも一番の騎士様で、本当はミアの守護騎士をしてくれるようなお方じゃないんです。――本当に、ミアにはもったいない騎士様ですから」

　嬉しそうな顔から、徐々に落ち込むミアを見てマリエは気付いてしまう。

（あれ？　この子、もしかして自分の守護騎士に惚れていない？）

　リオンと違って色恋に敏感なマリエは、ミアの様子からヘリングに好意を寄せていることをあっさり見抜いてしまう。

「騎士様は本当に優しくて、ミアなんかのために留学先まで付いてきてくれたんです。ミアを一人にはできないって」

　どうして守護騎士まで留学してきたのかを聞き、マリエはこのタイミングで探りを入れようと会話に加わる。

「あなたのために？　何か目的があるとかじゃなくて？」

ミアはマリエに尋ねられ、少し考えると思い出したことを話す。

「いえ、他に目的があるとは聞いていません」

◇

俺は夜の王都を駆けていた。

『マスター、こちらです』

王都に配置したいくつものドローンが、ライトをチカチカさせて合図を送り合っている。ルクシオンがそれを見て、俺に事件現場まで案内していた。

「随分と古いやり方だよな」

『文句を言わないでください。そこの角を右です』

案内されるまま右に曲がると、まだ野次馬の姿がない事件現場に到着する。そこは建物同士が並んだ隙間にできた入り組んだ路地で、十字路になっていた。

建物同士が背を向け合っているような場所で、人の出入りが少ない。

殺されたばかりと思われる役人の周りには、護衛として雇っていたらしい男たちの姿もあった。

その筋骨隆々の用心棒たちが、死体となって転がっている。

それなのに、まともに争った形跡すらない。

顔をしかめたくなる殺害現場に立つのは、帽子をかぶり、茶色のロングコートを着た怪しい男だった。

男は俺が近付くと振り返ってその顔を見せる。その瞳は赤く光っていた。

「うぁ――バルト――ファルト――み、見つけ――た」

口の端からよだれを垂らし、正気とは思えない動きをする。

足を引きずるように体を俺の方に向けると、男の腹部が見えた。

俺は顔をしかめつつ、上着に隠した拳銃を抜いて構えた。

「趣味が悪ぃな」

『魔装の破片を取り込んでいますね。マスター、この男はもう手遅れです』

手遅れという言葉に、俺は一瞬だがセルジュの姿を思い浮かべた。

そんな俺の思考を読んだのか、ルクシオンが役割を代わろうとする。

『私が処理します』

「少し待て。まだ意識があるなら話がしたい」

『――そうですか』

男の腹部。胸部には肉眼がいくつも出現し、裂けた腹部からは三本の触手が出て蠢《うごめ》いていた。

触手の先端には鋭い刃があり、血が付いている。

「お前が犯人で間違いないな？　お前たちの目的は何だ？」

「バルトファルトは――敵――我々の――敵――殺す」

「話が通じない感じ？」

『一般人が魔装を体に埋め込めば、意識を保つ方が困難です。それに、この男一人でこれまでの事件を起こすのは不可能です。これは、何者かが裏にいる可能性が高いですよ』

魔装を宿せば人はすぐに死んでしまう。

そんな状態で一ヶ月も活動するのは、ルクシオンからすればあり得ないらしい。

ならば、裏に誰かがいて魔装を宿した人間を用意していると思う方が自然だろうか？

「なら、次は裏に誰がいるのか調べるとするか」

俺が拳銃を構えて狙いを定めると、男の目が強く光り、腹部の触手が俺へと迫ってきた。

引き金を引くと、弾丸が男の頭部を撃ち抜く。

男がゆっくりと仰向《あおむ》けに倒れると、触手の動きも鈍くなり俺に届く前に地面に落ちて動かなくなる。

そのまま触手は黒い液体になって消えて、残ったのは男の死体だけだ。

俺は深いため息を吐き犯人の顔を見る。

「とりあえず、これで手がかりを掴んだな」

『はい。身元を調べ、関係者から情報を集めましょう』

「それにしても酷いことをする奴がいるな」

『――魔装の破片をここまで扱えるとなれば、何かしら知識を持っている者がいるはずです。何も知らない者が下手に魔装に手を出せば、吸い殺されるだけです』

血肉や魔力を魔装の破片に吸い尽くされ、すぐに死んでしまうそうだ。

「呪いの装備みたいだな」

『正確ではありませんが、間違ってもいませんね。人が手を出すべきではない、忌《い》むべき兵器ですよ』

「とりあえず、何か身元が分かる物がないか探すか」

死体に近付くと、反対側の暗闇に人の気配を感じる。

俺よりも先に気付いたルクシオンが警戒している。

『マスター、どうやら黒幕が側にいたようですよ』

「だな」

暗闇からこちらを警戒している男が現れる。

目立つ銀髪の男は、学園でも何度も見かけた守護騎士のヘリングだった。

死体を一瞥《いちべつ》してから、俺や俺が持つ拳銃に視線を向けると眉間にしわを寄せて露骨に嫌悪した顔になる。

そんなヘリングは、俺を脅すような口調で問う。

「何が目的だ？」

随分と曖昧な質問に、俺は「どうして追い回すのか？」と問われた気がした。

だから、拳銃を構えて銃口を向けた。

「動くな。質問するのはこっちの方だ。お前には聞きたいことが山ほど――」

『マスター！』

ルクシオンが俺の前に飛び出すと、目の前に障壁を展開する。

その直後、障壁にはいくつもの電撃がぶつかって激しい光を放っていた。

ただ、ヘリングの方は何の動きも見せていない。

ルクシオンに驚いているようだが、問題なのはヘリングの後ろの闇から姿を見せた不気味な黒い球体だ。

そいつはルクシオンと同じ大きさで赤い一つ目を持っている。

ただ、決定的に違うのは生物に近い姿をしていることだろう。

黒い部分の材質は知らないが、そいつの目は肉眼だ。

瞳の部分が赤く、見るからに不気味だった。

ヘリングのとは違う声が聞こえてくる。

『相棒――どうやら嫌な予感は当たっていたな。外道騎士が連れているのは、旧人類が残した兵器だぜ』

黒い奴の言葉に俺が何かを言う前に、ルクシオンの方が過剰反応を見せる。まるで仇敵《きゅうてき》にでも再会したような反応だ。

『魔装のコアが現存しているとは思いませんでした。このような害悪の塊は、この場で消去するべきですね。私はマスターに本体の使用許可を求めます』

いきなり本体を出して戦うと言い出すルクシオンに、電撃を放つ黒い奴は小さな手を一本出して握りしめ、叫んだ。

『何が害悪だ、糞金属野郎！　お前らの方がよっぽど邪悪で存在価値がないだろうが！　相棒、すぐに俺をまとえ！　こいつらは、存在を絶対に許すな！』

激高する黒い奴は、その目を血走らせて表面にとげを出してウニのような姿になっていた。自在に姿を変化させられるようだ。

「やるしかないか。黒助《くろすけ》！」

『おうよ！』

ヘリングが右手を俺に向けると、黒い奴——黒助が液状になってまとわりついた。

そして、ヘリングの背中にコウモリの翼を出現させる。

「見た目は悪魔みたいだな」

『冗談を言っている場合ではありません。奴は完全な状態の魔装です。マスター、アロガンツとの合流ポイントまで下がりましょう』

「逃がしてくれるかな」

ルクシオンに従ってヘリングに背を向けて走り出した俺は、すぐに入り組んだ路地を利用して逃げ回る。

「待ちやがれ！」

追いかけてくるヘリングに向かい、走りながら後ろを向いて拳銃を片手撃ちしてやる。しかし、銃弾は当たったのに弾《はじ》かれていた。

「生身の部分を狙ったのに弾きやがった！」

ルクシオン製の強力な拳銃でも、今のヘリングには効果はないらしい。

『表面に障壁を展開しているのです。撃つだけ無駄ですよ。だから、もっと強力な武器を携帯するように進言したのです』

逃げながら拳銃をホルスターにしまい込み、俺はルクシオンに小言に言い返す。

「ライフルやショットガンを持って歩き回れば、俺の方が捕まるだろうが！」

武器を持って王都を歩いていたら、不審人物として警察官に職質されるような結果になるだけだ。

俺の方が捕らえられて、ローランドに笑われるだろう。

狭い路地を駆け抜ける俺は、置かれた木箱に跳び乗ってそのまま屋根の上に。

ルクシオンに案内されるまま走り出す。

そこに、路地から飛び出してきたヘリングが俺を見下ろせる位置まで上昇した。

「飛べるっていいよな。ルクシオン、俺も欲しいから用意してくれよ」

『こんな状況で軽口が叩けるマスターを持って、私は幸せですよ』

皮肉を言うルクシオンの赤い一つ目がチカチカと点滅する。

ヘリングの方は、黒助と呼ばれた奴と融合しているのか二人の声が聞こえてくる。

「お前には聞きたいことがある。大人しくしてもらおうか」

『先に人工知能の野郎は破壊してやるけどな！』

黒助とかいう奴もルクシオンに対して嫌悪感を抱いているらしいな。

旧人類と新人類の兵器同士が、現在もいがみ合っているわけだ。

「悪いが、大人しくするのはお前らだよ」

俺は再び拳銃を抜いて上空のヘリングを撃つが、相手は脅威を感じていないのか何もしなかった。

「無駄だ。拳銃くらいで――」

言い終わる前に、ルクシオンがヘリングに言う。

『残念なのはあなたです。新人類の残した汚物は――ここで全て消滅させます』

その瞬間、ヘリングは出現したアロガンツの体当たりを受けて吹き飛んでいた。

アロガンツがすぐにコックピットハッチを開けて、俺のもとに降りてくる。

急いで乗り込み、俺はハッチを閉めた。

間一髪と言うべきだろう。

ハッチに電撃がぶつかり、アロガンツが揺れた。

「危なっ!?」

背筋に冷や汗をかきつつ、俺はアロガンツの操縦桿《そうじゅうかん》を握って機体を上昇させる。

ルクシオンの方は、何が何でも黒助を消し炭にしたいらしい。

『マスター、重火器の制限を解除しましょう』

「お前は魔装が絡むと馬鹿になるの？　俺たちの下は王都だぞ。危ない武器を使えるかよ。本体もできるだけ攻撃させるな」

『奴を消せるならば、王都の被害など誤差でしかありません』

なおも俺の説得を続けるルクシオンを無視しながら、モニターに映るヘリングの姿を見た。黒い液体が湧き出てヘリングの体を包み込むと、何度も見てきた魔装の姿に変化する。

今までと違うのは、体中に出現した肉眼がないことだ。

その見た目は鎧そのもので、コウモリの翼を持っている。

爬虫類《はちゅうるい》を想像させる長い尻尾を持ち、月夜に照らされたその姿は禍々しくも美しく見えてしまう。

「どこかで見たと思えば――まさか、ブレイブかよ」

俺の言葉に、黒い鎧はその光る目を細めた。

『どうして黒助の名前を知っている？』

俺が答える前に、黒い魔装をまとったヘリングは直進してきてアロガンツの目の前まで迫っていた。

今までの魔装よりも動きが速く、嫌な汗が噴き出てくる。

鋭い爪を持った魔装の手がアロガンツをかすめると、表面の装甲に傷が付いた。

「アロガンツの装甲を簡単に削りやがった」

『これが本物の魔装です。――データ照合完了しました。多少の違いはありますが、奴はネームドですよ。マスターが先程口にしたブレイブです』

過去の戦争で旧人類に大きな損害を与えたネームドらしく、ルクシオンのデータにもブレイブの名前が残っていたようだ。

「嬉しくない情報だなっ！」

アロガンツのバーニアを吹かして逃げ回ると、魔装の方はその両手に電撃を発生させ丸い形を作る。

バチバチと放電している電撃が丸くなると、その二つをこちらに投げてきた。

すぐに方向を変えるが、電撃は追尾してくる。

「こいつも追尾機能付きかよ」

『これまで遭遇した魔装よりも精度は高いですけどね。対魔法フレア、射出します』

アロガンツのバックパックから追尾する魔法を回避する光が放たれると、電撃がそちらへと向かって衝突して弾けた。

まるで花火でも眺めるように、王都の住民たちが俺たちを見上げている姿をモニターで確認する。

「ここで戦うのは危ないな」

このままヘリングを連れて王都から離れようと思うが、相手が俺を捕らえようと必死だった。

『逃がすかよ！』

「しつこい男は女に嫌われるぞ」

軽口を叩けば、相手は生真面目なのか返事をしてくれる。

『別に困ってない』

ヘリングの答えに腹が立ち、操縦桿を握る手にも力が入る。

「イケメン様は女性に困った経験がないってか？　――お前は絶対にぶん殴ってやる」

◇

その頃。

ガビノは王都に入り込んだ部下たちを集めていた。

お気に入りの懐中時計を右手に持ち、予定の時間が来たと同時に蓋を閉じて全員に告げる。

「時間だ。これから、王都でくすぶっていた連中が騒ぎを起こす。その隙に乗じて、我らは目的を果たす」

ガビノたちが集まっているのは王都にある倉庫街。

倉庫の一つを淑女の森やその他の組織に用意させ、兵士たちを国から呼び込んでいた。

全員がラーシェルの兵士と分からないように、空賊の恰好をしている。

そして、倉庫の壁に張られていたのは、リオンの手配書だった。

どれも落書きされ、破り捨てられ、酷い扱いを受けている。

「騒ぎが起きれば外道騎士が出てくる予定だったが――今は何者かと戦闘中らしい。予定とは違うが、私たちの行動に変更はない。作戦を開始する！」

ガビノの言葉に兵士たちが一斉に敬礼をすると、すぐに走り出して行動を開始した。

ガビノは目を細めて笑い、王都が火の海になる未来を予想する。

「我らを王都に招き入れたのが、同じ王国の人間だというのが愉快だな。できるだけ王都には被害を出してもらうとしよう。我々ラーシェル神聖王国のために」

そう言って、ガビノは懐からナイフを取り出しリオンの手配書に投げつける。

ナイフは手配書のリオンの額に突き刺さった。

ガビノは自身の額の傷に触れる。

「外道騎士、お前の悔しがる顔が今から楽しみだよ。この傷の借りは返させてもらおう」

◇

王都に花火が上がったように見えた。

それを学園の中庭から見ていたマリエは、空に見える小さな光が動き回っているのを確認して気付く。

「兄貴は何をやっているのよ」

王都上空で戦うなど本来は危険行為で禁止されている。

それを破ってまで戦っているのが、マリエには信じられなかった。同時に、それだけ危機的な状況だとも予想できた。

空では光がいくつも発生し、雷のようなものまで見えている。

それを見たミアが、口元を手で押さえて呟いた。

「騎士様とブー君が戦っているの？」

マリエはその小さな声を聞き漏らさなかった。

「ちょっと、ブー君って何？　あれ、あんたの守護騎士なの？」

問い詰めようとするマリエの剣幕に、ミアは後ずさりしてしまう。何とかごまかそうと視線をさまよわせるが、マリエはそれを許さない。

「ハッキリ答えて！」

「そ、それは」

俯いてしまうミアを庇うように、エリカが二人の間に入った。

「そんなに強く問いただせば、相手を畏縮させます」

「あのさ、こっちは急いでいるのよ！　そっちの子の騎士が原因なら、何としても止めないと大変なことになるわよ」

ヘリングのせいで大変なことになると聞いて、ミアが顔を上げた。そして大事な自分の騎士を守るためか、怒鳴り声を上げた。

「騎士様が原因なんてあり得ません！　騎士様は優しい人です。戦うにしても何か理由があるはずです」

ミアがヘリングを信頼するように、マリエもリオンが悪いとは考えていなかった。

「あんた、兄貴が悪いとでも言いたいの！」

掴みかかろうとするマリエだったが、エリカが空を見上げる。

「待ってください。様子が変です」

学園の上空に飛行船が現れていた。

随分と高度を下げており、接近しすぎている飛行船が照明器具をいくつも用意して学園を照らしている。

飛行船には空賊を示す旗が掲げられていた。

よく見れば飛行船からロープが下げられ、人が次々に降りてきていた。

その動きは統率が取れており、とても賊には見えない。

マリエはすぐにエリカとミアの手を取って、大急ぎでこの場から離れる。

「こっちに来て」

二人を連れたマリエは、急いである場所へと向かう。

◇

学園に乗り込んだ飛行船の中。

空賊に扮《ふん》したラーシェル神聖王国の兵士たちを指揮するのは、スーツ姿で懐中時計を眺めているガビノだった。

時間を確認しつつ、兵士たちに命令する。

「外道騎士が来る前に急いで目標を確保しろ。その他の目標は可能な限りで構わない。――連れ出せなければ殺しても構わない。何しろ我々は、空賊だからな」

飛行船のブリッジから下卑た笑みで窓の外を見下ろすガビノは、学園に降りて動き出す味方の兵士を眺めていた。

校舎を無視して、兵士たちは学生寮へと向かう。

潜り込ませた職員から仕入れた情報で、目標がこの時間にどこにいるのかをあらかじめ知っているための動きだった。

彼らが目標としているのは――リオンの婚約者たちだ。

「外道騎士の婚約者は絶対に確保しろよ。最悪、アルゼルの巫女《みこ》だけでも捕らえろ。あいつには人質以外にも使い道がある」

ガビノの後ろに立つ部下が返事をすると、周囲に指示を出す。

「お前たち、聞いての通りだ。憎き外道騎士に、ラーシェルの怒りを教えてやれ！」

リオンがここまで恨まれる理由は、アルゼル共和国でのクーデター鎮圧が原因だった。

クーデター側に協力していたラーシェル神聖王国は、クーデターの失敗により大きな損失を出している。

加えて、派遣した艦隊はリオンにより司令官を連れ去られて降伏。

大きな損害に加えて、プライドまでリオンにへし折られた形になっている。

ガビノに至っては、アルゼル共和国で戦闘に巻き込まれ額に傷を付けていた。

個人的にもリオンに恨みがあるが、それ以上にリオンはラーシェル神聖王国にとって許しがたい敵となっていた。

そのため、今回はリオンの婚約者を人質に取るという作戦が実行された。

ホルファート王国に被害を与える目的もあるが、本命はどちらかといえば婚約者である。

それだけ、ラーシェル神聖王国はリオンを危険視していた。

降下した兵士たちが、飛行船に向かって合図を送っている。

どうやら、戦闘が開始されたようだ。

ガビノは遠くで戦闘を続けている外道騎士――リオンの鎧を見て、作戦が成功する未来を予想する。

「君の婚約者たちは我らの手の中だよ、外道騎士」

◇

その頃。

女子寮の前では、空賊に扮した兵士たちが訓練された動きで玄関を破り内部へと侵入していた。

「呆気《あっけ》ないな」

「ガキなんてこの程度だろ」

「屈強な王国人たちだろうと、学生なら怖くないな」

兵士たちは次々に侵入する。

警戒しながら先に進もうとすると、階段の上から突如銃弾が降り注いだ。慌てて物陰に隠れる兵士たち。

絶え間ない銃弾の雨に、兵士たちは混乱する。

飾られていた花瓶が割れ、撃たれた兵士が倒れてうめき声を上げていた。

「非殺傷の弾だと？　馬鹿にしやがって」

とはいえ、当たった者はうずくまり動けなくなるほどの威力のため、迂闊に動くことはできない。

部下たちに手で合図を送る隊長は、物陰から攻撃を開始する。ライフルで反撃するが、敵の攻撃が途絶えないため分が悪い。

兵士たちが持っている銃では連射ができず、どうしても不利だった。

「何で弾があんなに続けて出るんだ？　新型のライフルなのか？」

マシンガンを知らない彼らには予想が付かず、何とかしようと手榴弾《しゅりゅうだん》に手を伸ばしたところで銃撃が止んだ。

隊長は部下たちを振り返り、一度頷いてから手榴弾を投げた。

投げた手榴弾は床にぶつかると煙を吹き出し、煙幕を発生させる。それは、訓練を受けていなければ苦しくて目も開けられない煙幕だ。

兵士たちは口や鼻を布で覆い、目の方は我慢して開けている。

今頃、敵の方は目が見えず、苦しんでいることだろう――と、予想する。

「よし、お前ら先に――」

部下たちを突撃させようとすると、足音が聞こえてくる。

変なマスクをした女性が立っており、見たこともない銃を持っていた。銃口は隊長たちに向けられている。

女性はためらわず引き金を引くと、隊長たちに非殺傷の弾丸が降り注ぐ。死ぬことはないだろうが、当たった箇所は骨にまで響くような痛さだった。

あまりの激痛に悶える隊長と部下たち。

動けなくなった兵士たちを見て、マスクをした女性は指示を出していた。

「すぐに武器を取り上げて縛り上げろ」

隊長が倒れ込んだまま見上げると、煙が風に流され消えていく。

マスクを外した女性は、金髪の編み込まれた髪型に赤い瞳が特徴的だった。心《しん》の強そうな顔をした女性を見て、隊長が驚く。

「目標の一人かよ」

アンジェが隊長に気付くと、銃口を向けて引き金を引く。

隊長の意識はそこで途切れてしまう。

◇

ガスマスクを脱いだアンジェは、額の汗を拭った。

周囲では女子生徒たちが、怖がりながらも倒れた兵士たちを次々に拘束している。

アンジェが持っていた機関銃の弾倉を外していると、武装した作業用ロボットたちが浮かびながら近付いてくる。

「学園に襲撃をかけるとは、大胆な連中だな」

屋内でも活動できる大きさのロボットたちは、アンジェの周りに浮かんで周囲の警戒を行っていた。

それらの姿を見て、アンジェは微笑する。

「これもリオンの予想通りか？」

前もって準備をしていたリオンに、アンジェは呆れると同時に感心してしまう。

フラフラしているように見えて、色々と準備していたのだろう。

一機がアンジェに弾倉を渡してくるので、受け取って交換する。

「空賊にしては統率が取れすぎているな。ディアドリーの言っていた通りか」

ディアドリーの名前を出すアンジェは、少し苦々しい顔をする。

だが、すぐに表情を引き締めると、違う場所から悲鳴が聞こえてきた。

何事かと悲鳴が聞こえてきた方角に顔を向けると、聞こえてきた悲鳴は野太い男たちのものだった。

それを聞いて、小さなため息を吐く。

「あちらはノエルが向かった方角か」

◇

女子寮にあるノエルの部屋。

制服の上着に腕を通すノエルは、愚痴をこぼしながら出かける準備をしていた。

「真《ま》っ直《す》ぐにあたしの部屋に来るとか、やっぱり学園にも協力者がいたのね。それにしてもこれは凄いわ」

部屋のドアが破られ、そこから空賊たちが侵入してきた。

しかし、ノエルの右手の甲にある紋章が輝くと、部屋の至る所から植物の枝やら根が出現して空賊たちを搦《から》め捕る。

ツタが空賊たちを締め上げ、持っていた武器にまで絡んで使えなくしていた。

これらは全て、巫女の紋章の力である。

植樹された聖樹の若木が、巫女であるノエルを守るために能力を行使した結果だ。

ノエルが何をするでもなく、自動で空賊たちが退治されていた。

そんなノエルの部屋に、ロボットたちを引き連れたクレアーレが入ってくる。

『こうなるだろうと予想していたけど、随分と派手に暴れ回ったわね』

部屋の惨状を見たクレアーレの感想に、ノエルは少しだけ焦る。

「あ、あたしじゃないからね！」

『知っているけど、問題はこの部屋の修繕費よ。これは高く付くわよ』

豪華な部屋が植物に支配され、床は突き破っているし、壁にはひびが入っている。

ノエルは頭を抱えた。

「聖樹、もう少し加減してよ」

『大丈夫。支払いはマスターに押しつけていいから』

自分を守ってくれたのはありがたいが、学生寮に大きな損害を出していた。

◇

その頃、マリエはミアとエリカを連れて空賊たちから逃げていた。

「こっちよ。早く！」

だが、ミアが胸を押さえて走る速度が上がらない。

本人は苦しくて仕方がないのか、マリエの手を振りほどく。

「む、無理です。もう先に行って――ください」

そんなミアをエリカが必死に引っ張る。

「駄目です。急いでください」

「もういいんです。ミアがいると足を引っ張りますから」

自分を見捨てて先に行けと言われて、カッと頭に血が上ったマリエはミアを怒鳴りつける。

「五月蠅いわね、諦めてんじゃないわよ！　こうなれば、私がおぶってでも」

ミアを強引に背負おうとするマリエだったが、その時に銃声が聞こえて動きを止める。

三人が視線を向けた先には、作業着姿の若い男が立っていた。

帽子を脱ぎ捨てた金髪の男は、下卑た笑みで三人を見ている。

「見つけたぞ、王女殿下」

王女殿下と言われ、エリカは自らマリエやミアの前に出て男と向き合った。

「目的は私ですか？」

「そうだよ。あんたには交渉材料になってもらう。今の間違った王国を正すために、協力してもらうぜ」

無礼な態度を見せる若い男を見て、マリエはすぐに気付いた。

「何が正すよ。大きなお世話なのよ」

「偽者の聖女は黙っていろよ。あのリオンと親しいみたいだが、あいつは助けに来ないぞ」

入学式当日に見た態度の悪い職員だ、と。

マリエは奥歯を噛みしめる。

(あの頃はルクシオンたちが邪魔されて、まともに情報収集もできなくなった頃よね？　何でそのタイミングでこんなのが潜り込むのよ)

運が悪いと思いながら相手の隙をうかがっていると、追いついた空賊たちがマリエたちを囲む。

どうやら、職員も空賊たちの仲間のようだ。

職員が空賊たちに命令する。

「三人を縛り上げろ」

「あんたに命令されたくはないが、従ってやるとするか」

空賊たちが武器を持ってマリエたちに近付いてくる。

すると、銃声が辺りに響いて空賊の一人が横に飛ぶように倒れた。

脇腹を押さえて苦しみもがく空賊に、仲間たちが銃を構えて銃声の聞こえた方角に向かって引き金を引く。

だが、暗闇から次々に撃たれて、空賊たちは一人、また一人と倒れていく。

その様子が怖くなった職員は、情けない悲鳴を上げて逃げ出してしまう。

「ひ、ひぃぃぃ！」

「逃げるな！」

空賊に呼び止められるが、構わず逃げ出していた。

そして、空賊たちの数が減ると暗闇から男たちが飛び出してくる。

その男たちを見て、マリエは不安から解放された。

「みんな！」

「マリエ、伏せていろ！」

拳銃を持ったユリウスが、残った空賊たちを撃つ。非殺傷の弾丸で撃ち抜かれることはないが、撃たれた空賊たちは苦しみもがいていた。

槍《やり》を持ったグレッグが空賊の一人を叩き伏せ、剣を持ったクリスが空賊の武器を叩き落としてからアゴを攻撃して気絶させる。

空賊の一人が左手を前に出して魔法による障壁を展開するが、ブラッドが魔法を使用すると空賊たちの立っている地面から土でできた人の腕がいくつも出現して拘束していく。

残った最後の一人は、マリエたちを人質に取ろうとするが――ジルクの狙撃により腹部を打たれて倒れた。

「た、助かった〜」

その場に座り込むと、ユリウスはマリエに近付いて肩に手を置いた。

「すまない。少し手間取ってしまった」

「いいのよ。間に合ってくれて感謝しているわ」

マリエが無事で安心したのか、ユリウスは微笑んでいた。

そんなユリウスに声をかけるのは、今まで無視されていたエリカだ。

「お兄様、どこまで状況を把握しておられますか？」

状況の把握を優先するエリカにユリウスは、妹に対しては素っ気なく思える態度で答える。

「ん？　学生寮の方で戦闘が続いているとは思うが、俺も詳しくは知らない。マリエを助けるために必死だったからな」

「そ、それでいいのですか？　お兄様が指示をされた方がまとまると思うのですが？」

「今更俺がまとめてもな。それに学生寮の方は心配いらない。問題があるとすれば、敵の飛行船だな。さて、どうしたものか」

全員の視線が、学園の上空に浮かんだ飛行船へと向けられる。

◇

その飛行船のブリッジでは、次々と届けられる報告にガビノが眉をひそめている。

懐中時計で時間を確認する度に、ため息を吐いていた。

「時間がかかりすぎていますね」

飛行船の船長が頼りにならない部下たちに腹を立てながら、ガビノに謝罪をする。

「申し訳ありません。精鋭を選んだつもりなのですが」

「学生とはいえ、王国の騎士たちは野蛮で屈強揃いということですかね？」

外国からホルファート王国を見ると、騎士に関しては猛者が多い印象だ。

学園でダンジョンに挑むしかなく、結果的に屈強になっていることで他国からは高く評価されていた。

あまり時間もかけられないガビノは、作戦を変更する。

「確保が不可能ならば――殺してしまいましょう。神聖王は外道騎士への報復をお望みですからね」

アンジェたちを捕らえられないならば、外道騎士への見せしめに殺してしまえという作戦に切り替える。

船長が部下たちに命令する。

「砲撃用意！」

飛行船がその場で旋回し、学生寮に対し側面を向ける。側面に用意された窓が開くと、そこから大砲が姿を現した。いくつも並んだ大砲に弾が込められ、それらが学生寮に狙いを定めている。

ガビノは懐中時計の蓋を閉じると同時に命令を出す。

「放て」

大砲が一斉に火を噴くと、飛行船の内部も衝撃で揺れた。

これで全て終わりだと誰もが思ったが、窓の外を見ていた兵士が叫ぶ。

「ちゃ、着弾しましたが、防がれました！　何だよ、あの障壁の大きさは!?」

混乱する兵士の言葉に全員が驚く。

着弾の瞬間に学生寮を覆うドーム状の障壁が展開され、全てを防がれていた。

ガビノは懐中時計を握りしめ、そして叫ぶ。

「撃ち続けろ！」

◇

学生寮の屋上。

そこに立つリビアは、両手を広げていた。

右手に着けたアクセサリーの白い小さな球が淡い輝きを放っている。

たった一人で学生寮を覆う障壁を展開しているのは、リビアだった。

その周囲にはロボットたちが浮かび、リビアの警護をしている。

展開した障壁に飛行船から絶え間ない砲撃が続いているが、全てを弾いて通さない。

一年生の頃のリビアは、この規模の障壁を展開するとすぐに魔力を使い果たしていた。

だが、今は余裕を持っている。

辛くはあるが、それでも倒れるほどではない。

敵は諦めが悪く砲撃を続けているが、リビアには耐え切る自信があった。

「無駄ですよ。先にそちらが砲弾を撃ち尽くします」

飛行船の大きさから、所持している砲弾の数をリビアは見抜いていた。

増援が一隻二隻と増えたところで、耐え切れると確信を持っている。

リビアはオドオドして何もできず、周りに迷惑ばかりかけていた以前の自分を思い出す。

(あの頃の私は何もできなくて、リオンさんたちの足を引っ張っていた。でも、今は——今なら私もリオンさんの力になれる！)

広げた両手を肩の位置まで上げ、両手を前に持っていく。

すると、リビアを中心に展開していたドーム状の障壁が範囲を更に広げていく。

「これ以上、好きにはさせません」

第06話

「最強の騎士」

「こいつもチートかよ！」

アロガンツのコックピットの中、動き回る魔装を追いかけつつ悪態を吐く。

思い出すのは黒騎士と呼ばれた爺さんの姿だ。

一作目に登場した公式チートとも言うべき最強の爺さんは、最後はその体に魔装の破片を取り込んで化け物になってまで王国に戦いを挑んだ。

忠義、復讐、様々な動機に突き動かされた爺さんは、単体ではこれまで戦ってきたどの相手よりも厄介だった。

ルクシオンを持つ俺に死を意識させた迷惑な爺さんだ。

そんな爺さんのことを思い出したのは、帝国の守護騎士が爺さん以上に厄介だからだ。

あの頃よりも性能を上げたアロガンツが、本物の魔装を相手にすると、こうもボロボロにされるとはな。

「ルクシオン、ミサイル！」

『ミサイルを発射。マスター、ミサイルの残弾はこれでゼロです』

魔装から逃げ回るアロガンツが、背中のコンテナのハッチを開けると円柱状のミサイルを六発も発射する。

その六発のミサイルを見たヘリングは、右手に黒いロングソードを出現させる。バチバチと放電しているのは、どうやら刃《やいば》に魔法をまとわせているかららしい。

「ミサイルをそんな剣で打ち落とせるとでも――」

ヘリングが魔法を宿した刃を横に振り抜くと、電撃が周囲へと広がった。黄色い光がロングソードの斬撃となって放たれ、放電して拡散するとミサイル六発全てが爆発する。

「――範囲攻撃までできるのかよ」

コアを持つ魔装がここまで厄介だとは予想していなかった。

多少強い魔装だろうと、あの黒騎士の爺さんには負けるだろうとどこかで考えていた甘い自分に腹が立つ。

ついでに、冷や汗が出てくる。

『ミサイル残弾数ゼロ。ライフル、マシンガン、共に放棄。バトルアックス、サイスも放棄。ドローン、全機ロスト。マスター、残る武装はブレードのみです』

これまでの戦闘でそのほとんどを使い切り、残ったのはブレードだけだった。

「あいつと近接戦闘とかやりたくないな」

ブレードをアロガンツが装備するが、ヘリングに勝てるイメージが浮かんでこない。

『冗談を言っている場合ではありません』

「別に嘘じゃねーよ。おっと!?」

ルクシオンといつもの会話をしていると、アロガンツに接近したヘリングがロングソードを振り下ろしてきた。

避けて上昇して逃げるとヘリングも追いかけてくる。

追いかけてくる魔装が翼を広げ、電撃を指先からビームでも放つように撃ってくる。

「後ろは任せるぞ」

『強制回避』

コントロールの一部をルクシオンに任せ、電撃を回避させる。

だが、一部はアロガンツをかすめて肩の装甲が僅かに溶けていた。

「電気ってかすめると溶けるのか!?」

『本物の電撃ではなく、魔法により発生した電気的な——緊急回避!?』

ルクシオンが生真面目に解説を挟み込むが、そんな暇もヘリングは与えてくれなかった。

後方の映像を確認すれば、ヘリングの周囲には放電する大きな球がいくつも浮かんでいる。

それらが放たれると、アロガンツを追尾してくる。

避けても方向を変えて戻ってくる追尾弾は、当たれば結構な威力があった。アロガンツでも何発もは耐え切れないほどの威力らしい。

『マスター、本体の使用許可を求めます。断っても、マスターの保護を優先して攻撃を開始します』

もう我慢できないと言い出すルクシオンに、俺は最後のチャンスをもらうため交渉を開始する。

「お前の本体が魔装を倒そうとしたら、王都はどうなるよ?」

『少なくない被害が出ます』

「なら駄目――と言っても実行するなら、最後に俺に付き合え」

『何をするのですか？』

「いつもの手だよ！」

アロガンツの方向を転換し、そのまま向かってくるヘリングに向かって加速する。

ヘリングの魔装が慌てることなくロングソードを構えて向かってくる。

互いに真っ直ぐ――勝負を決めるために距離を縮めると、アロガンツがブレードを振り下ろした。

だが、放電するヘリングのロングソードに簡単に斬り裂かれる。

ヘリングはこれで勝負が付いたと思ったのか、ロングソードを大きく引いて切っ先をアロガンツの胸部――俺へと向けてくる。

『これで終わりだ』

コックピットの中、俺はヘリングの甘さに感謝した。

「お前が落ちろ！」

アロガンツの右腕がヘリングの胸に拳を叩き込む。結構な威力があるはずの一撃は、魔装にとっては大したダメージではないらしい。

ヘリングも、これを最後の悪あがきとでも思ったのだろう。

だが、アロガンツの右拳が赤く発光すると、そのままフルパワーの衝撃波が魔装の内部へと叩き込まれた。

『――インパクト』

ルクシオンの言葉で魔装が後ろに大きく吹き飛ぶと、そのまま落下していく。

ヘリングが意識を失ったためか、誘導弾は全てが弾けて大きな爆発と電撃を放って消えた。

だが、俺は今も姿を保って落下するヘリングの魔装を見て失敗を悟った。

「全力で叩き込んだのに、形を保ったままかよ！」

これまでアロガンツの衝撃波で粉々にならなかった敵がいないだけに、焦りと共にヘリングに恐怖を覚える。

確かに攻撃は通ったはずだが、いつ目覚めて襲いかかってくるか分からない。

追撃をかけるためにアロガンツをヘリングに接近させようとするが、モニターの端に光が見えた気がした。

そちらに意識を向けると、学園の方でリビアが使用する淡く白く光る障壁が展開されている。

「何があった!?」

ルクシオンに確認を取るが、通信障害で情報の伝達が遅れていた。

『王都の各地で暴動が起きています。学園にも空賊と思われる集団が乗り込んでいます』

「っ！　すぐに戻るぞ」

『それはできません』

ルクシオンに拒否されて一瞬だけ頭に来たが、すぐに気付いてアロガンツを後ろに下がらせた。

今までアロガンツが浮いていた場所に、ヘリングの放った電撃が通り過ぎる。

ヘリングの魔装は表面にひびが入っているが、問題なく動いていた。

「頑丈すぎるだろうが」

ただ、ヘリングも苦しいのか呼吸が乱れていた。

『こっちの台詞だ。だが、人工知能を使って殺害を繰り返すお前は、ミアのためにもここで倒す』

ロングソードを構えるヘリングに、俺は待ったをかける。

「ふざけんなよ！　お前が裏で糸を引いて、魔装の破片を使って人殺しをさせたんだろうが！」

『――何の話だ？　俺は何も』

言い争いをしていると、ヘリングではなく黒助の叫び声が魔装から聞こえてきた。

『相棒！　学園の方が大変だ！　飛行船が乗り込んでいやがる!?』

『な、何!?』

ヘリングが俺を警戒しながらも、ロングソードの構えを解かなかった。

『早くしないとミアが！』

『分かってる！　だが、こいつに背中は見せられないだろうが』

倒し切れはしなかったが、ダメージはしっかり与えていたようだ。

俺は深呼吸をしてから、ヘリングに提案する。

「おい、取引だ。俺は今すぐ学園に戻りたい」

構えたヘリングは返事をしないが、俺は話を続ける。

「一時休戦だ。お前も助けたい人がいるのだろう？　俺も戻って助けたい人たちがいる」

少しだけ間を空けてから、ヘリングが構えを解いた。

『――いいだろう。だが、俺は好きにやらせてもらう』

そう言って翼を広げてヘリングは学園へと飛んでいった。

「勝手にしろ」

俺もアロガンツを学園へと向けるが、ルクシオンが荒れる。

『正気ですか？　魔装と取引などあり得ません。奴らは絶対に裏切ります』

「お前もしつこいな。みんなを助けたら、後でいくらでも付き合ってやるから我慢しろよ」

『――いいでしょう。その言葉、忘れないでくださいよ』

「覚えていたらな。――シュヴェールトを出せ」

ペダルを踏み込み加速をすると、学園の状況が次第に見えてきた。

◇

飛行船の中。

ガビノはいくら砲撃を続けても破れない障壁を前に、冷や汗をかいていた。

「広範囲にこれだけ頑丈な障壁を展開するだと？　ば、化け物か」

学生寮の屋上で一人障壁を展開していると思われる女子生徒が、ガビノには人の姿をした化け物に見えていた。

それだけあり得ないことが目の前で起きていた。

外道騎士を見張っていた兵士が、双眼鏡をのぞき込みながら叫ぶ。

「外道騎士と未確認機がこちらに接近しています！」

「――時間切れか」

ガビノは一度目を閉じると、数秒後に決断して目を開けた。

「砲撃を続けろ！　私は魔装騎士の出撃準備をする」

「は、はい！」

ガビノが振り返りつつ命令をすると、部下たちが緊張した様子で見送る。

そのまま廊下を歩くガビノは、ポケットから黒い手袋を取り出すと両手にはめた。

万が一にも魔装に取り込まれないための道具であり、これがあるおかげで安心して魔装の破片も取り扱える。

ブリッジから格納庫までの途中にある部屋。

そこで立ち止まったガビノが、ドアをノックする。

「聖騎士殿、出番が来ましたよ」

ガビノが相手を気遣いながら呼びかけると、すぐに返事があった。

ドアを開けて一人の若者が現れる。

筋骨隆々の鍛え上げた肉体の持ち主で、ラーシェル神聖王国の白い騎士服に身を包んでいる。

穏やかな表情をした目の細い若者は、ガビノを見ると微笑んでいた。

「ようやく私の出番なのですね」

口調もおっとりしており、温厚な性格がよく表れている。

「はい。聖なる騎士のお力を示す時が来ました」

恭しい態度でガビノが聖騎士を格納庫まで連れていく。

「申し訳ありません。聖騎士殿に出撃していただくことになってしまいました」

「構いません。それが私の仕事ですから。ところで――」

細目だった若者の瞳が大きく見開かれると、穏やかな口調の中に怒気がはらむ。

「――外道騎士はどうなっているのですか？　陛下の敵は健在でしょうか？」

ガビノは聖騎士に謝罪をすると、現状を手短に報告する。

「健在です。現在こちらに接近しております」

細目の若者は歩きながら天井に視線を向けて、拳を胸に当てた。

「陛下の敵を討つ機会をくださった天に感謝しなければなりませんね」

二人が格納庫に来ると、そこには空賊の恰好をした兵士たちが待っていた。

全員が聖騎士に対して敬礼を行っている。

聖騎士は騎士服の上着を脱ぐと、綺麗に畳んで近くにいた兵士に渡す。

「陛下にお返しください。そして、私は見事役目を果たしたと――そう付け加えられるように善処しましょう」

謙虚でただの兵士にも優しいその若者に、ガビノが魔装の破片を持って近付く。

「聖騎士殿」

「お願いします」

目を閉じた若者の胸に、ガビノはためらうことなく魔装の鋭い破片を突き刺した。

血が噴き出し、若者が目を見開き口から血を吐き苦しみ出す。

だが、徐々に穏やかな表情になっていく。

「おお！　これが聖なる騎士になるための試練なのですね！　歴代の聖騎士の皆様、今から私も英雄の一人に——かはっ！」

黒い液体を口から吐き出すと、若者の体が黒い液体に包まれていく。

徐々にその姿は刺々しい鎧に包まれて、見た目は完璧な魔装になった。

特徴的なのは、細目の若者が得意とする武器だろう。

三つの矛を持つ三叉槍《さんさそう》と呼ばれる槍だった。

槍を持ったその姿は、威風堂々としていた。

だが、そんな魔装騎士も使い捨てだ。

ガビノや兵士たちが細目の若者を聖騎士殿と呼んで優遇するのも、死ぬと理解しながら魔装の破片を受け入れるからだ。

そんな聖騎士たちは厳しく育成された優秀な騎士でもある。

魔装の破片をコントロールするために特別な訓練を受けた人材で、一度戦場に出れば圧倒的な強さを発揮する。

そして、戦い終われば死ぬのがラーシェル神聖王国の聖騎士だった。

だからこそガビノや兵士たちは、聖騎士に対しては畏敬の念を抱いていた。

見事に魔装化した細目の若者の姿に、涙ぐんだガビノが拍手を送る。

「素晴らしいお姿です。近年では一番美しい鎧姿ですよ」

魔装となった若者が、先程と変わらない謙虚な態度で答える。

『それは嬉しいですね。ですが、役目を果たしてこその聖騎士です。外道騎士の首を手に入れ、陛下の御前に捧《ささ》げましょう。――それでは行きます』

「はっ！　ハッチを開けろ！」

ガビノが敬礼すると、聖騎士の魔装はコウモリの羽を生やして、開いた格納庫のハッチから外へと飛び出した。

その飛び去る姿に、兵士たちは大声で声援を送る。

◇

ヘリングは焦っていた。

口の端から血を流し、痛む体で無理矢理飛んでいる。

その状態を心配するのは、ブレイブだった。

『相棒、もう少しの辛抱だ』

「分かっているよ、黒助」

『だからブレイブって呼んでくれよ！　相棒もミアも俺を黒助とかブー君とか呼びやがって、酷いじゃないか！』

ヘリングは相棒である魔装のコア【ブレイブ】のことを黒助と呼んでいた。

本人としては呼びやすくて使い続けている。

「ミアを助けたら考えてやる」

『そうだな。さっさとミアを助けてやらないとな』

目の前に迫るのは、学園を覆い尽くす白く光っている障壁だった。

「学園全体を覆うとか、王国の新兵器か？」

バリア――障壁を発生させるには基本的に人が魔法で展開するか、装置を使って魔石を燃料に展開するかの二通りだ。

人では大きな障壁を展開できず、装置を使えば大量の魔石を消費してしまう。

それでも、学園を包み込むほどとなれば魔石の消費量はとんでもない量になるだろう。

わざわざ学園を包み込むほどの障壁を用意しているのが、ヘリングには信じられなかった。

ヘリングの間違った認識を、相棒のブレイブが正す。

『違うぜ、相棒。あの女だ。屋上でこの規模の障壁を一人で展開していやがる』

魔装の瞳が屋上で障壁を展開しているリビアを映し拡大させる。

「嘘だろ!?　いや、そうか。あの子は一作目の」

『相棒、あれを破らないと中には入れないぜ』

二人が学園に近付くためには、リビアの障壁を突破しなければならない。

しかし、そんなことをすれば学園を守る障壁が壊れてしまう。

「合図を送って一時的に解除を――」

ヘリングがそう言うと、激しい痛みに胸を押さえた。

「――駄目か」

(くそ。外道騎士の攻撃が今になって)

アロガンツの放った衝撃波は、確かにヘリングに大きなダメージを与えていた。

そのため、ヘリングの魔装は学園を前にして落下してしまう。

『相棒!? やっぱりあいつら、殺しておくべきだったんだよ!』

「――確証がなかった」

『甘い。甘いんだよ、相棒は! あいつら人工知能は、それこそ何だってやる! それを使っている外道騎士も卑怯者《ひきょうもの》に決まっているだろうが!』

「少し後悔しているよ。もっと早くに――」

地面に片膝をついたヘリングの魔装が、何とか立ち上がろうとすると、目の前の障壁が何者かによって貫かれた。

これまで砲弾をはね除《の》けていた障壁だが、貫かれた場所から一瞬でひびが入り粉々に砕けていく。

何が起きたのか一瞬理解できなかったヘリングの前に、一体の魔装が降り立った。

すぐにブレイブが、敵の正体を口にする。

『魔装の破片を制御していやがる。相棒、こいつ神聖王国の聖騎士だぜ』

ヘリングは苦しみながら相手を見上げる形になった。

「どうしてこんな場所にラーシェルの奴らがいるんだ？」

呼吸の乱れたヘリングを前にした魔装は、槍を地面に突き刺して威圧してくる。

『私以外の魔装騎士がいるとは聞いていませんね。それに、聖騎士とも思えない。あなたは何者ですか？』

「お前らこそ、ラーシェルから何をしに来た？」

ヘリングの問い掛けに相手は不快感を持ったらしい。

魔装の破片を宿した者らしく、精神が不安定になりつつある。

『質問しているのはこちらですよ。とはいえ、そのようなボロボロの姿ではまともに戦えないでしょう。聖騎士でもない者が魔装を扱うなど不可能なのですよ。偽者は魔装の一部を残して消えなさい』

ヘリングは聖騎士の魔装を見上げ、呆れたように笑った。

「偽者とは酷い言われようだな。どうする、黒助」

『馬鹿にしやがって。お前、俺と相棒が本調子なら一瞬でズタズタのボロボロのグチャグチャだからな！』

魔装の破片しか持たない聖騎士に、偽者扱いを受けた黒助は激怒している。

しかし、相棒であるヘリングはまともに動けない。

ブレイブ自身もかなりのダメージを受けている上に、現在は本気を出せない理由があった。

聖騎士の魔装が三叉槍を構えて、ヘリングに矛先を向ける。

『あなたの魔装の破片をもらいます』

ヘリングは諦めて本気を出そうとするが、決断するより少し先に空から声が聞こえてくる。

『先手必勝！』

聞こえてきたのはリオンの声で、同時に赤く細い光が次々に聖騎士の魔装に降り注いだ。

その光に表面を焼かれた聖騎士の魔装が、動けないヘリングを放置して構えを解くと空を見上げる。

上空にいる敵を見た聖騎士の魔装は、激高して獣のように咆哮《ほうこう》する。

『外道騎士ぃぃぃぃ!!』

空にいたのはリオンの乗ったアロガンツであり、その背中はコンテナから翼へと変更されていた。

夜の闇にアロガンツの赤いバイザーの光が、ヘリングには不気味に見えた。

自分と戦い余力を見せるその姿に、ヘリングは何度目かの冷や汗をかく。

「まだ隠し球があるのかよ」

◇

障壁を魔装に破られたリビアは、現れたアロガンツを屋上から見上げていた。

右拳を胸に当て、シュヴェールトを背負ったアロガンツの姿に安心感を覚える。

「リオンさんが来てくれた」

アロガンツの姿に安堵し、そして同時に自分を情けなく思う。

「私はまた、リオンさんに助けられましたね」

本来ならもっと頑張りたかったのだが、結局リオンに助けられたのがリビアには嬉しくも悔しかった。

もっと頑張らなければと、心の中で決意するとアロガンツがこちらに視線を一度向けた。

だが、すぐに敵へと視線を戻してしまう。

「リオンさん――後はお願いします」

◇

学園に来ると、何故か魔装が二体に増えていた。

ヘリングが地面に片膝をついており、槍を持った魔装はこちらを見て外道とか叫んでいる。

「俺って有名人だな」

『マスターの知名度はどうでもいいので、このまま魔装二体を破壊しましょう。既に本体は学園上空に待機させています。後はマスターのご命令を待つだけです。主砲発射の許可をください！』

魔装が増えたことで、二体揃って塵《ちり》一つ残さず消滅させたいルクシオンが先程から五月蠅くて仕方がない。

「馬鹿なの？　ここでお前の主砲を使ったら、学園にも被害が出るだろうが」

『このまま放置すると？』

操縦桿を動かせば、バックパックに背負ったシュヴェールトから大剣が飛び出してくる。

それをアロガンツが右手で掴む。

「とりあえず、槍を持った方は倒しておきたいな」

大剣の切っ先を地上にいる槍を持った魔装に向けた俺は、左手で上がってこいとアロガンツにジェスチャーをさせた。

その仕草を挑発ととらえたのか、槍を持った魔装が翼を広げて舞い上がってくる。

『外道騎士、貴様には償いをさせる。我らの陛下の前に、その首を差し出せ！』

空で三叉槍を構える魔装は、ヘリングの物と比べると細身で色も紫だ。

「またタイプの違う魔装かよ。コアがあると厄介だな」

解析を行っていたルクシオンが、敵の魔装にコアがないことを判断する。

『こちらは魔装を埋め込んだ人間です。魔装を宿して、ここまで動かせるのは一種の才能か特殊な訓練を受けた結果でしょうね』

「俺なら絶対に拒否するわ」

『マスターにしては賢明な判断です』

敵を前にしてヘラヘラと会話をしている俺たちの声は、目の前の魔装にも届いていた。

癪《しゃく》に障ったのか、三叉槍を構えて突撃してくる。

『私は聖騎士だ！　選ばれた聖なる騎士である！　お前のような邪悪な存在に、屈するものか！』

◇

落下したヘリングの魔装に駆け寄る人物がいた。

それは、マリエたちの制止も聞かずに飛び出したミアだった。

リビアの障壁が破られ、ヘリングの魔装を確認した瞬間、既に駆け出していた。

そんなミアをマリエが追いかけている。

「ちょっと待ちなさい！　あんた、無理をしたら駄目な体でしょうが！」

ミアは振り返ることなく魔装に近付くと、怖がらずに抱きついた。

ボロボロになった自分の守護騎士の姿に涙を流す。

「騎士様！　どうしてこんなに傷付いているんですか」

泣いているミアに、ヘリングは苦しそうな声で安心させるようになだめていた。

『ここは危ないから下がっていろ』

「嫌です！　ずっと側にいてくれるって言いました！」

『ちゃんと戻ってくるから』

ヘリングが困ったという声で話を続けていると、マリエがやって来る。

その後ろからエリカを守りながらやって来た五馬鹿も現れた。

五馬鹿たちは武器を構えてヘリングを警戒している。

ライフルを構えたグレッグが、マリエやエリカに前に出るなと注意する。

「二人ともそいつに近付くなよ。これまで散々、こいつらの暴走に付き合わされてきたんだ。すぐに逃げられるようにしておけ」

グレッグの言葉に、マリエがエリカの手を握って魔装から距離を取っていた。

全員がヘリングから距離を取り、武器を構える中でミアだけが庇う。

ヘリングの前に立って、両手を広げて叫んだ。

「ミアの騎士様は酷いことなんてしません！」

自分を庇って前に立つミアの姿を見て、ヘリングがブレイブに指示する。

『もういい。黒助、魔装の解除だ』

『いいのか、相棒？』

『この場にとどまる方が危険だ。さっさと避難したい。俺はしばらく戦えそうにないからな』

ブレイブが魔装を解除すると、一瞬で鎧が消えてヘリングの姿が現れる。

服はボロボロで、傷もあって血を流していた。

苦しそうなその姿に、ミアが抱きついて支える。

「騎士様ぁ」

涙目のミアに、ヘリングは頭を撫《な》でてやると微笑んだ。

「心配させて悪かったな。それより、すぐに移動しよう。ここは危険だ」

ミアを連れて避難しようとするヘリングに、マリエが案内する。

「ならこっちに来て」

◇

全員を連れて避難場所に向かうマリエは、満身創痍《そうい》のヘリングに手を貸していた。

（こいつ、兄貴と戦ってこの程度で済むとか凄いわね。本当に強いのかしら）

マリエがヘリングに手を貸している姿を見て、五馬鹿たちが後ろから文句を言っている。

「何なんだあの男は」

「マリエさんの肩を借りるとか、図々しい男ですね」

腹を立てるユリウスの隣では、ジルクが嫌みを言っている。

他の三人も露骨に嫌な顔をしているが、マリエは無視していた。

二人の話を聞いたヘリングが、マリエに申し訳なさそうにしている。

「すまないな。ミアは体が丈夫じゃないんだ」

後ろをついてくるミアは、エリカに体を支えられていた。

マリエは誰にも聞こえないように、ヘリングに小声で話しかける。

「あんた、何が目的なの？」

「――どういう意味だ？」

警戒心を見せるヘリングに、マリエは隠し事があると直感で理解した。

「変な動きを見せたら五人が黙っていないわよ。ミアちゃん、大事なんでしょう？」

ヘリングがマリエから顔を背ける。

それを見て、マリエは少し不思議に思っていた。

「別に何もしないわよ。それより、どうしてこんなことをしているのか聞きたいの。あんた、王国で何がしたいの？」

連続殺人事件やら、色々な疑惑を向けられているヘリングへの問い掛け。

だが、ヘリングの様子がおかしい。

「ミアのためだ。あの子は今まで体がここまで弱くなかった。救う手がかりが王国にしかないから、付いてきたんだよ」

「だからってあんなことをするの？」

「――あんなこと？」

マリエは単刀直入に質問する。

「王都で起きている連続殺人事件よ。あんた、関わっているのよね？」

リオンからは、現場で怪しいヘリングを見かけたとマリエは聞いていた。

それに、魔装を扱っているのもマリエから見れば怪しすぎる。

マリエに疑惑を向けられると、ヘリングがやや驚きつつも答える。

「俺は調査をしていただけだ」

「――は？」

マリエが驚くと、後ろから誰かの倒れる音が聞こえてくる。

振り返ると、エリカがミアを支え切れずに一緒に倒れていた。

「ミア！」

マリエを振りほどいてヘリングがミアに駆け寄ると、ブレイブも出現する。

『ミア、ゆっくり吸い込め』

ブレイブが放出するのは、赤い粒子――魔素だった。

それを吸い込むと、ミアの青白い顔が健康的な色に戻っていく。

「ありがとう、ブー君」

『俺の名前はブレイブ！　今はいいけど、絶対にブレイブって呼べよ。頼むから！』

「ブー君って可愛いのに」

苦しそうに微笑むミアの姿を見て、ヘリングは心から安堵していた。

（こいつら、本当に悪い奴らなの？）

マリエには、三人の姿が悪党には見えなかった。

だが、今度はそんな三人の側にいたエリカが苦しみ出した。

口元を手で押さえて呼吸ができずに苦しんでいる。

妹の苦しむ姿を見て、ユリウスが駆け寄ると背中をさする。

「エリカ!?　お前、まだ体調に問題があったのか？」

心配するユリウスに、エリカは頭を振る。

「いえ、大丈夫です。――少し苦しくなっただけですから。ただの運動不足ですよ、お兄様」

「それならいいんだが」

安堵するユリウスに、ジルクが歩み寄ってくる。

「殿下、学生寮の方も戦闘が終わりつつあります。我々はこのまま、予定通りに王宮へ向かいますか？」

砲弾を撃ち尽くし、この場から離れていく飛行船を、ユリウスが見上げる。

「そうだな。外も騒がしいから、ここは王宮へ向かって――」

今後を相談するマリエ一行だったが、学生寮からクレアーレを連れたアンジェたちがやって来る。

すると、クレアーレがブレイブに気付いて絶叫した。

『イヤァアアァァアアァアァア!!　みんなそいつから離れて！』

いきなり大声を出したクレアーレに全員が驚くと、周囲にロボットたちが集まって武器をブレイブに向ける。

このままでは戦闘になると思ったマリエが、クレアーレの前に出た。

「待って！　今は戦わなくていいわ」

『マリエちゃん。――そうなのね』

「理解してくれたのね、クレアーレ」

クレアーレの反応から戦闘を回避したと思い込んだマリエだったが、すぐに浅はかだったと理解する。

人工知能たちの魔装嫌いを、マリエは甘く見ていた。

『そう――マリエちゃんはそいつらに騙《だま》されているのね。大丈夫よ。すぐに私が助けてあげるから』

ロボットたちが一つ目を怪しく光らせ、ブレイブに銃口を向けていつでも発砲できるようにしていた。

それを見たブレイブも黙っていない。

『やっぱり人工知能共は最悪だな！　こいつらと協力するなんて絶対に無理だわ！』

戦闘態勢に移行するブレイブだったが、クレアーレを止める人物が現れる。

「止めんか、馬鹿者！」

持っていた機関銃の銃床でクレアーレを叩いたアンジェが、この場を収める。

『ひ、酷い！　私はみんなのために！　人類のためにこいつらを！』

「我々は王宮に急ぐぞ。王都のあちこちで火災が起きているからな」

何かが起きている。それを知るためにも王宮を目指すと決めたアンジェに、クレアーレが渋々と納得する。

『――マスターが戻ってきたら、絶対に消滅させてやるんだから』

青いレンズをブレイブに向けるクレアーレは、まだ諦めていないようだ。

アンジェがため息を吐く。

「先に学生が無事か調べてくれ。今のお前にもそれくらいできるだろう？」

『それくらい当然――あ、あら？　あららら!?』

クレアーレが急に黙ると、その場でクルクルと回転し始める。

何の感情を表しているのかみんなが不思議に見ていると、クレアーレが震える声で話す。どうやら問題が発生したようだ。

『――フィンリーちゃんが見つからないの』

アンジェは額を手で押さえて空を仰いだ。

上空では、リオンの乗るアロガンツが魔装と戦いながら学園から離れていく。

◇

『ラーシェル神聖王国の敵は聖騎士である私が倒す！』

三叉槍を振り回して襲いかかってくる魔装を相手に、俺はアロガンツに距離を取らせながら戦っていた。

ドッキングして背負ったシュヴェールトから、追尾するレーザーが次々に放たれる。弧を描いた光の線が、魔装に当たると紫色の表面を焼いて赤くなった。

しかし、その場所が僅かに溶けるばかりで、レーザーは大した損傷を与えていない。

それでも、俺たちにヘリングと戦った時ほどの悲壮感はなかった。

「炎、氷、雷と来て、紫はどんな魔法を使用するのかな？　風か土だと思うんだが？」

どんな遠距離攻撃を保有しているのか考えていると、俺の態度が気に入らないルクシオンが責めてくる。

『もっと真面目に戦われてはどうですか？』

「帝国の騎士様にボコボコにされて疲れているんだよ」

『油断をするからです』

「黒騎士の爺さんより強いとかチートだろうが。何度か死ぬかと思ったよ」

『日頃から訓練で手を抜くから、大事な場面で失敗を繰り返すのです』

「反省しているよ」

『戦闘データは少ないですが、魔装の性能はヘリングが上でしょう。ただし、操縦者の性能は黒騎士が上です』

「よく勝てたよな。俺って運がいいわ」

『運がいい者は何度も死にかけたりはしません』

無駄な会話を続けながら、追いかけてくる魔装から逃げ回っている。

アロガンツは後ろ向きに飛んでいるため、魔装とは向かい合わせ。つまり、向き合った状態だ。この状態で逃げ回っているものだから、相手は余計に腹立たしいのだろう。

『聖騎士を愚弄するのか、外道騎士！』

激高する三叉槍を持つ魔装は、その表面に肉眼が一つ、二つと増えていく。

「煽り耐性のない奴だな」

『不安定になりつつありますね。化けの皮が剥がれてきましたよ』

ルクシオンまで煽るものだから、魔装は余計に頭に血を上らせたらしい。装甲に血管のようなものが見え始めると、脈動し始める。

『私は聖騎士！　神聖王の剣！　ラーシェルの――英雄――』

三叉槍の矛先から渦を巻いた水が発生し、それを鋭く尖《とが》らせてアロガンツに向かって放ってきた。

素早く避けつつ、俺は自分の予想が外れたことに落胆する。

「今回は水かよ。予想が外れたな」

『戦闘中に何を遊んでいるのですか？　マスター、解析結果が出ましたよ』

生真面目なルクシオンが解析結果と状況を知らせてくる。

『性能面ではコアを持つ魔装と比べても大きく劣ります。また、魔法を使用した攻撃も、暴走の兆候が見えて初めて使用しました。機体、パイロット、共に脅威ではありません』

「つまり楽な相手か？」

『――それから、王都への被害が出ない場所まで誘導を完了しました』

「それなら、さっさと本気を出すか」

操縦桿を握りしめ、前のめりになった俺はシュヴェールトのバーニアを更に吹かせて魔装との距離を広げた。

アロガンツが左手で魔装を指さすと、シュヴェールトが全力でホーミングレーザーを発射する。

そのどれもが、さっきよりも太めのレーザーだ。それが次々に魔装に襲いかかると、装甲板を貫いて内部まで焼き始める。

『グアァアァァア!!』

痛みに苦しむ魔装が、防御のために障壁を展開するがレーザーは簡単に貫いていた。

ルクシオンがコックピット内で、その赤いレンズを光らせている。

『無駄です。解析は終了したと言いました。あなたはもう詰んでいます』

俺は魔装に感謝をする。

「わざわざ俺に付いてきてくれてありがとう」

レーザーに焼かれながら、魔装は三叉槍を振り回して水で作ったランスを次々に発射してくる。そんなスピードもパワーも、何もかもが足りない攻撃をアロガンツは余裕を持って避けていく。

『な、何を』

自分が誘い込まれたとは思っていなかったのか、罠《わな》を警戒した魔装は狼狽《うろた》えていた。

「あのまま学園や王都で暴れ回られると迷惑だったから、逃げ回っていたんだよ。倒すだけなら苦労しなかったけどな」

俺の煽りに加わるルクシオンが、相手に止《とど》めを刺す。

『データ収集の目的もありました。ですが――あなたのデータは役に立ちませんでしたね。これまでで一番弱い魔装でしたよ』

魔装嫌いのルクシオンが、わざとらしくその結果を伝えてしまう。

結果、相手は更に激怒して精神が不安定になったようだ。

かろうじて人型を保っていたその姿は、内部から膨らんで化け物になった。

『私を馬鹿にスルなあアァァァ!!』

膨れ上がった魔装の姿は、ぶよぶよとした肉の塊になっている。

表面には大きな肉眼が出来上がり、血走った目でアロガンツを睨み付けていた。黒い液体を涙のように流している。

「終わらせるぞ。全力で吹き飛ばせよ」

『手間取りすぎですよ』

アロガンツは魔装へと突撃すると、握った大剣を敵に深く突き刺す。

接近すると魔装の表面にいくつもの触手が出現してアロガンツに絡みつくが、それらは全てレーザーに焼かれていた。

操縦桿のトリガーを指で弾くと、ルクシオンがいつもの台詞を口にする。

『インパクト!』

アロガンツの両手が赤く染まっていくと、それが大剣に伝わって刃を赤く染めていた。熱を放っているため、魔装が叫ぶ。

『熱っいいいいぃぃぃよぉぉぉ!!』

まるで子供のように泣き叫ぶ魔装の声を、ルクシオンがカットしてコックピット内は静かになった。

モニターには泣き叫んでいる魔装の姿だけが見えるが、すぐに肉の塊は空の上で弾け飛ぶ。

血肉が周囲に飛び散り、倒したことを確認した俺はルクシオンの勝手な行動を咎める。

「どうして音声をカットした？　それに、最後の煽りは必要だったのか？　わざわざ化け物みたいな姿にして」

赤いレンズを俺に向けるルクシオンは、無愛想な口調で答える。

『化け物の姿の方が、マスターにとって精神的にストレスが少ないと判断しました。また、音声のカットは耳障りだろうと気を利かせただけです』

「お前は本当に」

自由な奴だ、と言葉を続けようとしたが止めておいた。

態度は悪いが、俺のことを気遣っての判断だろう。

「さっさと戻るぞ」

第07話「蠢く者たち」

学園内。

一人の空賊に扮した兵士が、ライフルを持って逃げ回っていた。

「くそ。くそ！　王国の野蛮な連中め！」

その男が侵入したのは男子寮だった。

女子寮へ男子たちが救援に来れば面倒だと、足止めのために送り込まれていた。

兵士は柱の陰に隠れると乱れた呼吸を整える。

「何がガキ共なら平気だよ。無茶苦茶強いじゃないか」

隠れていると、武器を持った男子たちが階段から降りてくる。

左手にランタンを手に持ったおかっぱの男子生徒は、右手に短剣を握りしめている。

「こっちに逃げたはずだよ、ダニエル」

その隣にいるのは、大きな斧《おの》。戦斧《せんぷ》を両手で握りしめている背の高い男子生徒だ。

「コソコソと逃げ回りやがって。ぶっ飛ばしてやる！　レイモンド、絶対に捜し出すぞ！」

「当然だよ」

血の付いた武器を持って息巻く、高学年と思われる男子生徒たち。

二人の後ろには各々が得意とする武器を持った男子生徒たちが、殺気立った様子で周囲を見回していた。

貴族――男子生徒たちは、空賊というのがとても嫌いだ。

特に領主貴族たちにとってみれば、自分たちの利益を損なわせる存在だ。

空賊の恰好に扮した者を見れば、許してはおけないのだろう。

そんな男子生徒の集団が違う場所に向かうと、兵士は慌てて彼らが向かった先とは反対側へと向かう。

「くそ！　上の連中はさっさと逃げ出して、俺たちを見殺しにする気かよ。――こんな所にいたら殺される。さっさと逃げ出さないと」

窓の外を見れば、自分たちの乗っていた飛行船が遠ざかっているのが見えた。

味方の撤退を待つ余裕すらないのだろうと兵士は予想して、任務を放り投げて逃げている状態だ。

そんな兵士がようやく一階まで降りてくると、一組の男女が見えてきた。

「アーレ、こっちだ！」

「はい、ジェイク殿下」

小柄な男子生徒が、大柄な女子生徒の手を握って逃げ出していた。

どうして男子寮に女子生徒がいるのだろうか？　そんな疑問も思い浮かんだが、それよりも兵士は女子生徒の言葉に口角を上げる。

「小柄な方は王子様か」

ライフルを構えて二人の前に出る兵士は、アーレと呼ばれた大柄の女子生徒に銃口を向けた。

「動くな！　動けばそこのお嬢ちゃんが――」

アーレを人質にしてジェイクを捕らえ、身の安全を確保しようとした兵士の判断は間違いではなかっただろう。

だが、アーレは素早く射線から外れるように身を動かし兵士に接近する。

慌てた兵士が発砲するが、銃弾は床に命中しただけだ。

次の弾を装填しようとアクションを起こすが、その頃にはアーレが間近に来ていた。肘打ちでライフルを叩き落としたアーレは、その長い美脚で兵士を蹴り上げ――ずに、高く上げた足を振り下ろす。

かかと落としを受けた兵士は、その場に倒れ込む。

（こ、この女、強すぎ――）

意識が薄れる中で、兵士は二人の会話を聞いた。

「大丈夫だったか！」

「は、はい、ジェイク殿下」

「だから殿下は止めろと言った。それにしても、お前は本当に強いのだな。鍛えているとは思ったが、まさか実戦経験があるのか？」

咄嗟に素早い動きを見せたアーレが、ジェイクには戦い慣れているように見えていた。

アーレは恥ずかしそうに身をよじっている。

「お恥ずかしい話ですが、一時期熱が入りすぎてしまいまして」

「いや、そんなお前も可愛いと思うぞ」

「ジェイク殿下」

頬を染めるアーレに、ジェイクは照れ隠しをしながら手を握ってこの場を離れていく。

「殿下はいらないと言った。ほら、さっさと逃げるぞ。王宮へ向かうからお前も付いてこい」

「はい！」

二人がこの場を去ろうとすると、そこに赤毛の男子が現れる。

「殿下！　フィンリーさんを見かけませんでしたか!?」

◇

王宮の廊下。

そこを歩く学生たちの集団の中で、俺はヘリングの野郎と話をしていた。

「俺が犯人だぁ？　お前は馬鹿か」

「事件現場で拳銃を持っていただろうが！」

「撃った野郎が犯人だったんだよ！」

「なら、どうして俺を疑った？」

「お前が前から怪しいと思っていたからだ」

「お前も俺を疑っていたのかよ！」

ルクシオンとブレイブが静かに睨み合い浮かんでいる中、俺とヘリングは互いの事情を話していた。

そもそも、俺を疑うとかヘリングはおかしい。

「何で俺が事件を起こすと思うんだよ。俺は平和主義者で一般人だぞ」

俺が自分のことを語れば、後ろから付いてくる五馬鹿が顔を見合わせていた。

ブラッドが肩をすくめて鼻で笑っている。

「リオンが平和主義なら、この世に争いはないよね」

グレッグも深く頷いている。

「まったくだ。俺も戦いは好きだが、リオンには負ける。あと、リオンは一般人じゃない」

――こいつらまで俺のことを勘違いしているとは思わなかった。

俺は心優しく、平和を愛する優しい男なのに。

ヘリングまで俺を疑わしそうな目で見ている。

「共和国を内側から崩壊させた奴と聞けば、誰だって警戒するだろうが。まして、お前が王都に戻ってきた頃に事件が発生していたんだぞ」

「現場にはルクシオンが魔装の反応があるって言いました～。お前ら、自分たちのお仲間の反応くらい気付けよ」

煽ってやると、ブレイブの奴が俺に肉眼を向けて小さな手を出して指をさしてくる。

『あんな小さな反応に気付くかよ！』

すると、ルクシオンが勝ち誇った声でブレイブを馬鹿にする。

『あの程度の反応にも気付けない魔装のコアは、やはり無能ですね』

『言ったな鉄屑！』

そんな感じに騒ぎながら廊下を歩いていると、王宮の役人に指定された場所に到着する。随分と大きなドアの前では、騎士や兵士たちが武器を持って守っていた。

物々しい警戒の中、何故か高官たちも部屋の外に控えている。

騎士が俺たちに気付くと、慌てて近付いてくる。

「侯爵様、陛下がお待ちです。それから、ユリウス殿下とエリカ王女殿下、そしてアンジェリカ様も入室を許可されています」

そう言われて、アンジェが目を細める。連れてこられた場所が気に入らないらしい。

「ここは陛下の寝室ではないか。対策を話し合うならば別室で――」

そこまで自分で言って何かに気付いたのか、口を閉じて目を見開く。

そして、騎士に尋ねる。

「――何があった？」

騎士は俺たちを急《せ》かすように、ローランドの寝室へと案内する。

「詳しい説明は王妃様からお聞きください」

俺が振り返ると、リビアとノエルが小さく頷く。

二人とも、この先に進めないことに不満はないようだ。

「行ってください」

「早くした方がいいんじゃない」

そんな二人の後ろでは、ユリウス以外の馬鹿たちが神妙な顔をしていた。

クリスがこの不安な状況の答えを呟く。

「想像以上にまずい状況らしいな」

◇

ローランドの寝室に入ると、随分と広い部屋に天蓋付きのベッドが置かれていた。

十分な広さがあるベッドの上には、青白い顔をしたローランドの姿がある。

唇も青くなっていた。

普段憎たらしいその顔には、生気が感じられない。

周囲には家族である王妃のミレーヌさんがいて、ローランドの手を握っている。

「陛下、侯爵が到着しました」

ミレーヌさんの言葉に目を開くローランドは、かすれた弱々しい声で俺を呼びつける。

「バルトファルト侯爵をここに」

呼ばれてローランドの近くに立つと、宮廷医と思われる白衣の男性が容態を説明してくれる。

「数日前に陛下は毒を盛られ、それからはこの状態です。とても命令を出せる状況にはありません」

「毒？」

「は、はい」

宮廷医が俺から視線を逸らすと、ローランドに声をかけていた。

「陛下、お薬です」

「すまないな、フレッド」

フレッドと呼ばれた宮廷医が、水に溶かしたと思われる薬を少しずつローランドに飲ませていた。

少しばかり落ち着いたのか、ローランドは俺を見て弱々しい笑みを見せる。

「お前の希望通りに体調不良だよ。どうだ、嬉しいかな？」

確かにローランドが苦しめばいいとは思ったが、見せつけられると何も言えなくなる。

「冗談は止めろよ。いえ、お止めください、陛下」

「随分と殊勝な態度だな。お前のそんな姿を見られただけでも、毒を盛られた甲斐がある」

ローランドは時折咳き込み、乱れた呼吸を整えてから俺に命令を出す。

「お前に全ての指揮権を一時的に貸し与える。ミレーヌから現状を聞いて、適切に対処してくれ」

「この状況を俺に収めろと？」

「そうだ」

近くにいたミレーヌさんに視線を向けると、本人はハンカチで涙を拭いながら頷いていた。ミレーヌさんも納得しているようだ。

ローランドが俺を指名したのは何となく理解できる。ルクシオンを持つ俺が動いた方が、素早く問題を解決できるだろう。

だが、それならこの場にいるユリウスに指揮権を預けるべきだ。

「ユリウス殿下がいます。俺が殿下の下に付き、命令通りに動きましょう」

ユリウスもベッドの側にいるのに、ローランドは声もかけない。

その態度が冷たく見えた。

「駄目だ。ユリウスは実績もなければ、王宮内での評判も悪い。ユリウスが命令を出しても、従わない者たちが出てくる」

「だから俺を指名したと？」

「――小僧、私はお前が嫌いだ」

死の間際のような状況で何を言い出すのかと思えば、ローランドが俺の手を強く握ると血走った目を向けてくる。

「だが、お前の力は認めている。真剣そのものだ。

「買いかぶりですね」

普段ならば煽っている場面だが、流石の俺もこの場では自重した。

「お前ならうまく収められるさ。頼んだぞ――こうしゃ――く」

「陛下！」

ローランドが意識を失うと、ミレーヌさんが叫び声を上げた。

宮廷医が俺を押しのけて診察を始めると、深いため息を吐いた。

「大丈夫です。疲れて眠られたようです」

体力もかなり衰えている様子だ。

周囲が安堵していると、ミレーヌさんがローランドの側を離れて俺の方を見た。

「侯爵、もう時間がありません。すぐに対処しなければ、王都は火の海になります」

「何があったんですか？」

この場に留《とど》まるのもローランドの迷惑になるからと、俺たちは部屋の外へと向かう。その間も現状の説明を受けるため、ミレーヌさんと並んで歩いていた。

「各地で暴動が起きています。首謀者は不明ですが、王都に隠れていた元貴族たちが一斉に動き出しました」

「取り潰された家の連中ですか」

「そうです。一つ二つの組織が協力して決起したところで対処可能ですが、多くが同時に決起して対処が間に合っていません」

俺たちの後ろをアンジェとユリウスも付いてくる。

アンジェは気になったのか、ミレーヌさんにより詳しい情報を求める。

「どうして今まで放置されていたのですか？」

「危険な者たちは捕まえています。今回は規模の小さい組織が、一斉に動き出しましたからね。多分――ラーシェルが裏で動いたのでしょうね」

三叉槍を持った魔装も神聖王国の聖騎士を名乗っていたからな。

その可能性は十分高いが、ミレーヌさんは俺より先に気付いていたようだ。

凄いと思っていると、ミレーヌさんが情報源を話す。

「ローズブレイド家が調査してくれたおかげですね。本当に助かりましたよ」

「ローズブレイド？　ディアドリー先輩の実家じゃないですか」

部屋の外に出た所で、俺が話題にした人物が待っていた。

普段通り派手なドレス姿に、扇子を持っているその人が【ディアドリー・フォウ・ローズブレイド】だ。

長い髪を縦ロールにまとめたディアドリー先輩は、堂々とその場に立っていた。

「わたくしの実家などと他人行儀でしてよ。既にバルトファルト家とはお姉様が嫁いで家族同然ですわ」

ディアドリー先輩の登場に、アンジェが露骨に嫌そうな顔をする。

「王妃様の前だぞ」

指摘すると、ミレーヌさんがディアドリー先輩の態度を許す。

「構いませんよ。ディアドリー、逃げ出した飛行船はどうなっていますか？」

王都に侵入して学園を襲撃した飛行船について問われたディアドリー先輩は、扇子で口元を隠す。

「既にニックスお義兄様が対処されていますわ」

「兄貴が？」

◇

王都から離れていく飛行船の中。

ガビノはバルトファルト家の家紋を掲げる飛行戦艦を窓から見ていた。

追いかけてくる飛行戦艦の速度は自分たちよりも上で、徐々に距離を詰められている。

「よりにもよってバルトファルト家か」

苦々しい顔つきのガビノの横には、怯えた部下の姿がある。

「空賊に扮した我々の艦隊を全滅させた相手ではありませんか」

学園が春休みの頃。

ラーシェルは空賊に扮した兵士たちをバルトファルト家に送り込んでいた。

目的はリオンの実家であるバルトファルト家を滅ぼすため。

リオンに対する報復の一つだった。

予想外だったのは、リオンが王都ではなく実家に戻っていたことだ。

ガビノたちは、リオンが昇進するという情報を手に入れていた。だから、本人はしばらく王都に滞在して実家には戻れないだろう、と。

リオンが不在である時を狙った悪質な報復だ。

しかし、予想は外れた。おかげで十隻もの空賊船に偽装した飛行戦艦を失う羽目になった。

ラーシェルが淑女の森のような地下組織を頼ったのも、リオン――バルトファルト家との直接的な戦闘を避けるためだった。

何とも短絡的で見返りの少ない作戦だ。

本来であれば、このような嫌がらせ程度の作戦はガビノも賛成できなかった。

だが、神聖王――ラーシェル神聖王国の国王の命により、強引に実行された。

王命に拒否権などない。

多くの犠牲を払って行われるのが、嫌がらせ――リオン一人への報復だ。

その目的も曖昧で、失敗する可能性はガビノも考えていた。

しかし、ここまで追い込まれるとは予想外だった。

(既に魔装騎士は出撃し、魔装の破片も手元にない。砲弾も兵士も少なく、これ以上の戦闘は難しいか)

脱出を考えるガビノは、部下たちに命令する。

「これより敵に突撃をかける！　全員、覚悟を決めろ！」

兵士たちの顔付きが変わると、ガビノは直属の部下に声をかける。周囲に聞こえない小さな声で、脱出の相談を始める。

「お前は外に出て小型艇の用意をしろ」

「よろしいのですか？」

「構わん」

ガビノは部下をブリッジから送り出すと、堂々とした姿を周囲に見せる。周囲はそれを見て、ガビノも覚悟を決めたのだろうと勝手に思い込む。

◇

バルトファルト家の飛行戦艦。

ブリッジにいたのはニックスだった。

司令官としてブリッジにいるニックスは、敵である空賊の飛行船が王都から離れたことを確認して砲撃の命令を出す。

「王都から離れたな？　艦砲射撃！」

横にいた艦長が、ニックスの命令を受けて船員たちに指示を出す。

「撃ち方始め！」

飛行戦艦の砲台が稼働して狙いを付けると、攻撃を開始する。

敵は側面に大砲を並べているが、バルトファルト家の飛行船はルクシオン製で、大砲は回転砲塔である。ゆえに側面を見せることなく攻撃が可能になっており、目の前の空賊船は相手ではなかった。

艦砲が一斉に火を噴くと、夜とあって砲弾が赤く光り尾を引いて見える。

それらが命中すると、空賊船は船内から火が出て煙を出しながら高度を下げていく。

「撃ち方止め！」

艦長の声に艦砲射撃が終わると、ニックスは安堵して大きなため息を吐いた。

その様子を見ていた艦長が褒めてくる。

「立派な司令官でしたぜ、坊ちゃん」

艦長の坊ちゃん呼びに、ニックスは不満顔だ。

「子供扱いは止めてくれよ」

◇

バルトファルト家の飛行戦艦の甲板。

想定していたよりも早くに戦いが終わってしまい、ガビノは逃げ出すことができなかった。部下と一緒に拘束されて甲板に座らされている。

空賊の恰好をした兵士たちも捕らえられていた。

少し離れた場所では、落下した自分たちの飛行船が燃え上がっている。

その様子を甲板から眺めているガビノは、お気に入りの懐中時計を奪った人物を睨み付けていた。

奪った相手は懐中時計を見て微笑んでいる。

「帝国製の時計ね。いい物を持っているじゃない」

サラサラした金髪のロングに、青い瞳を持った美女がガビノを見下ろしていた。

「見る目だけはあるようだな」

「お宝の価値をしっかり見抜くように教育されているのよ」

「冒険者の血を引く野蛮人共め」

ガビノの言葉は冒険者を見下していた。ラーシェル神聖王国でも、冒険者の社会的な地位は高くない証拠である。

だが、女性――ドロテアは気にしない。

「空賊に言われてもね」

見下されたガビノは、小さくため息を吐くと堂々と告げる。

「こうなっては仕方がない。捕虜としての待遇を希望する。私はラーシェル神聖王国の――」

ガビノが身分を明かそうとすると、ドロテアは側に置いていたライフルを手に取って空に向かって一発だけ発砲した。

実弾が入っていると見せつけてから、ガビノに銃口を向ける。

「今更嘘なんていらないのよ。あなたは空賊で、私はホルファート王国の貴族。空賊はしっかり退治しないとね」

ドロテアの自分たちを捕虜として扱わないという言葉に、ガビノは慌てていた。

「わ、我々はラーシェルの」

「ここにラーシェル神聖王国の兵士はいないのよ。攻めてきたのは空賊で、お前たちも空賊なの。それでいいじゃない」

笑顔を見せているドロテアだったが、徐々に冷たい表情に変化していく。

「少し前にローズブレイド家に喧嘩を売ったのはお前たちよね？」

ガビノは目の前の女性が、ローズブレイド家の関係者だと知って顔をしかめる。

そして、すぐに言い訳をする。

「何のことかな？　我々とは無関係だ」

「お前たちの生き残りが全て吐いたわよ。ローズブレイド家は、敵対者に対して容赦はしないの。貴族も冒険者も、舐《な》められたら終わりなのだから」

ドロテアに虫けらでも見るような目で見下ろされたガビノは、このままでは殺されると考えて命乞いをする。

「君たちにとって有益な情報がある！　王都に潜んでいる元貴族の裏切り者たちだ。そいつらの情報を全て渡す！　だから――」

ガビノが有益な情報と引き換えに自分の命を助けてもらおうとすると、ドロテアは心底がっかりした顔をする。

「それは王都にとって有益であって、私や私の夫に何のメリットがあるの？」

「は？　いや、この情報で王家に恩を売れば十分な利益になるはずだ！」

「そんなもの――もう価値はないのよ」

ドロテアは心底つまらなそうに、周囲にいた者たちに命令する。ドロテアの周囲にいたのは、ローズブレイド家の者たちだった。

「連れていきなさい。ローズブレイド家に喧嘩を売った者が、どうなるか教えてあげないとね」

丁度、バルトファルト家の飛行戦艦に接近するローズブレイド家の飛行船が見え、ガビノたちは自分たちの最悪な未来を想像して顔から血の気が引いていく。

◇

王宮にある一室。

俺はヘリングを呼び出して話をすることにした。

今は会議室に主だった面々が集まり、地図を前に対処を話し合っている頃だろう。

本当ならば指揮権を預けられた俺も参加しなければならないが、その前にどうしてもヘリングと話をしたかった。

「ルクシオンの邪魔をしているのはお前らか？」

王都を包み込むようなジャミングの発生源を確かめるための質問だったが、ヘリングがブレイブを見たので間違いなかったようだ。

ヘリングは小さくため息を吐いていた。

「黒助、もう解いてやれ。お前も疲れるって言っていただろ？」

魔装のコアであるブレイブが、ルクシオンを悩ませるほどの性能を持っていたのは俺にとっては脅威である。

ブレイブの方は、ルクシオンを警戒していた。

『駄目だ。俺がジャミングを解けば、こいつらは騙し討ちをしてくる。相棒はこいつらの本性を知らないから、そんなことが言えるんだ』

こちらを信用していないブレイブに、ルクシオンも普段より低い声を出していた。それだけ怒っているのだろうか？　相変わらず感情が豊かな奴である。

『それはこちらの台詞です。あなたたちの存在のせいで、どれだけの人命が失われたと思っているのですか？』

『あー！　あー！　それを言うのか鉄屑！　だったら言わせてもらうが！』

喧嘩を始める相棒たちに、俺もヘリングも肩をすくめた。

ヘリングを見れば、ジャミングを解いてもいいと考えているようだ。

だから俺から宣言する。

「ならこの場で俺がルクシオンに命令する。ルクシオン、帝国からの留学生を攻撃するな。もちろん、ブレイブをもだ」

『正気ですか!?　あの時の約束はどうなるのですか？』

三叉槍を持った魔装を倒したら、次はヘリングたちを――という話だろう。

だが、俺の中身は悪い大人なので都合の悪いことは忘れる主義だ。

「ごめん、忘れた」

『覚えていますよね？　本当にマスターは自分の都合を優先してばかりですね』

俺たちが普段のやり取りを見せていると、ヘリングの方もブレイブを説得している。

「黒助、もう休めよ。ミアも心配していたぞ」

『俺様は相棒やミアを守るために、絶対に手を抜かないんだ！』

「ジャミングを解いても守ってくれるんだろ？　それに、王都が火の海になると俺もミアも困るんだよ」

『うぅぅぅ――今回限りだからな！』

俺たちの関係とは違うが、こいつらも随分と楽しそうな二人組だな。

ブレイブがその体を震わせると、ルクシオンの赤いレンズが光る。

『リンクが回復しました』

「よし！　さっさと終わらせるぞ。――ローランドの最後の頼みでもあるからな」

『最後？』

ルクシオンが何を言っているのか？　というように俺を見ているが、あの様子なら長くはないだろう。

あいつは糞野郎だったが――せめて、最後の頼みくらいはしっかり叶えてやりたい。

今でもローランドは嫌いだが、死んで欲しくはなかった。それに、王都の住人たちにとっても今回の騒動は迷惑だろう。

――さっさと終わらせてやる。

「いいから行くぞ。ミレーヌさんが待っているからな」

そう言うと、いつものようにルクシオンが俺を責める。

『アンジェリカもいるのにその台詞とは恐れ入ります。早速告げ口させていただきますね』

「――それは止めてくれ」

俺たちの会話を聞いていたヘリングとブレイブが、顔を見合わせていた。

「愉快な奴らだな」

『こんな奴らに殺されかけたと思うと、俺様は自分が情けなくなるけどな』

――殺されかけたのはこっちも同じだよ！

◇

王都に配置されていた数多くのドローンたち。

ルクシオンとのリンクを取り戻すと、浮かび上がって王都上空から見下ろす。

そして、その情報をルクシオンへと届けた。

増産したドローンたちが、本体からの命令を受けて行動を開始する。

上空に待機するドローンもいれば、指示された場所に向かうドローンもいる。

――今、王都はルクシオンの完全な支配下に置かれた。

◇

会議室に来ると主立った面々が揃っていた。

王族で言えばミレーヌさんにユリウス。

他にはクラリス先輩のお父さんであるバーナード大臣の姿もある。

アンジェが俺に気付くと、小走りで近付いてきて腕を掴んだ。

「何をしていた。お前がいなければ何も決められないんだぞ」

一分一秒を争う非常時に、のんびり責任者が現れれば腹も立つだろう。

この場にいる全員の視線が険しかった。

「ごめんね。まぁ、でも——もう大丈夫だからさ」

そう言ってテーブルに置かれた地図に近付くと、俺の右肩近くに浮かんだルクシオンがレンズから光を照射していくつかのポイントを指示する。

『敵のアジトと思われる場所の目星は付いています。また、敵の動きから今後の行動を予想しました。部隊の再配置を提案します』

急に敵の居場所や目的を言い出すルクシオンに、会議室は騒然となる。

特にミレーヌさんの慌てぶりが可愛い。

ルクシオンが照射した光は常に動いている。

「この動きはどれくらい前のものですか？」

『リアムタイムの情報です』

素っ気ないルクシオンの言葉に、ミレーヌさんは一瞬目を見開いて——そのまま目を伏せて悲しそうにすると、頭を振ってから俺を見る。

何やら自分の中で気持ちを切り替えたようだが、何があったのだろうか？

「バルトファルト侯爵、それでは軍の再配置を行います。よろしいですね？」

「え？　あ、はい」

勝手に進めてくれとも思ったが、今の俺の立場は総司令官のようなものだ。

俺の許可がなければ命令ができないようだ。

ただ、ここでバーナード大臣が頭を押さえる。

「敵が分散していて数が多い。これは時間がかかってしまうな」

倒すことは難しくないが、問題は数が多くて対処し切れないことだった。

俺は使える戦力をどこから持ってくるか考えて――友人たちのことを思い出す。

「学園にいる俺の友人たちに声をかけましょう。何人かが飛行船を持ってきているかも知れません」

俺の実家のように、時折王都に飛行船を出す場合がある。

タイミングさえ良ければ、これで数隻は確保できるはずだ。

バーナード大臣が何度か頷く。

「それは助かる。だが、誰に指揮を任せるのかな？」

手持ちで動かせる人材など、今の俺には友人たちしか――そう思っていたら、俺を見ているユリウスに気が付いた。

そうだ、五馬鹿がいたな。

あの乙女ゲーのように最適な配置で使ってやるとしよう。

「ブラッドを呼び出してアインホルンから指揮させます。グレッグとクリスにも働いてもらいましょう。敵のアジトに攻め込ませます」

そう言うと、ユリウスが露骨にアピールしてくる。

「リオン、まだ残っている者がいるだろう？　一番頼りになる男が」

「お、そうだな。忘れていたよ」

「しっかりしてくれ、総司令官殿」

自分を頼って欲しいと言うユリウスに、俺は頷いてやる。

「ジルクもエアバイクに乗せて使いたいんですが、俺の知り合いにエアバイクを乗りこなす集団がいませんからね。あいつは留守番かな？」

「――リオン、俺は？」

「王子様を戦場に出せるかよ。大人しくしてろ」

それを聞いて肩を落とすユリウスを、ミレーヌさんが複雑な表情で見ていた。

俺がジルクの運用を諦めると、バーナード大臣が提案してくる。

「侯爵、エアバイクの数はどれだけ欲しいのかな？」

「あるだけですね。あいつに指揮させれば、うまく使いこなすはずです。王都のような場所なら、鎧よりもエアバイクの方が小回りは利きますからね」

「ならば、アトリー家が協力しようじゃないか」

「いいんですか？　指揮するのはジルクですよ？」

ジルクとアトリー家の間には因縁がある。ジルクが一方的に悪いのだが、アトリー家の娘であるクラリス先輩との婚約を破棄していた。

アトリー家からすれば、ジルクは許せない奴である。

それでも、バーナード大臣は気にせず俺に協力を申し出てくれたわけだ。

「構わないよ。それに忘れたのかな？　うちはエアバイクのレース場を持っているんだよ。いくらでも知り合いがいるのさ」

それはいいのだが、その人たちをジルクに預けて大丈夫だろうか？　――まぁ、人間関係に悩むのは俺ではなくジルクだ。

精々、苦しめばいいと思ってバーナード大臣の提案を受け入れる。

「お願いします」

「任せておきなさい」

俺は次に、最も頼りにしているアンジェに視線を向ける。

アンジェの実家であるレッドグレイブ家は、王都にも多くの戦力を持ってきているはずだ。協力してくれれば大助かりだ。

「レッドグレイブ家にも協力して欲しい。アンジェ、頼めるかな？」

だが、アンジェは俺の視線を受けて俯いてしまう。

手を握りしめて、歯がゆそうにしながら頭を振った。

「――すまないが、父上も兄上も動かない。今は王都を離れている」

「え？」

「私の命令では勝手に公爵家の軍隊を動かせないんだ。すまない、リオン」

おかしい。

王都には常にヴィンスさんやギルバートさんのどちらかが滞在している。

二人が同時に領地に戻ることもあるにはあるが、普段はどちらか一方が必ず王都にいるのが普通だった。

不在の理由を尋ねようとすると、バーナード大臣が俺の肩に手を置いた。振り返ると、頭を振っている。ミレーヌさんも目を伏せていた。

問い詰めない方がいいのだろうか？

「無理なら今の戦力で対処しましょう。後は、俺がアロガンツで出れば――」

すると、ミレーヌさんが俺の出撃に反対する。

「駄目です！　リオン君――いえ、バルトファルト侯爵にはこの場に留まっていただきます。よろしいですね？」

「え？　あ、はい」

有無を言わさぬ迫力に、俺は頷いてしまった。

そしたら、ユリウスがみんなから少し離れた位置で拗《す》ねている。

「俺も出撃したかったのに」

お前はもっと王子様である自覚を持てよ。

◇

アインホルンのブリッジ。

そこでは普段リオンが座っている椅子に、装色の付いた制服を着ているブラッドが腰掛けて脚を組んでいる。

「まったく、リオンも人使いが荒いよね。だけど、この僕に。そう、この僕に飛行船を任せたのは最適解だよ！　槍働きも嫌いじゃないけど、こういう知的なポジションが僕には最高に似合うからね」

一人で楽しそうなブラッドの側には、アインホルンに無理矢理乗せられたダニエルとレイモンドの姿がある。

二人はゲンナリしながら外を見る。

アインホルンとは別に、友人たちの乗る飛行戦艦が三隻ほど同行している。

ダニエルは大きなため息を吐くと、上機嫌のブラッドに話しかける。

「それで艦長」

「司令官と呼んでくれ。今の僕は四隻の飛行戦艦を指揮する立場だよ」

ダニエルを指さして訂正を求めてくるブラッドに、レイモンドが投げやりな態度を見せる。

「司令官殿、これからどうします？」

ブラッドたちに与えられた任務は、飛行戦艦による部隊の運搬である。指示された場所に部隊や物資を投下し、時には回収して再配置する役割だ。

飛行戦艦の大砲を王都で使用するわけにもいかない。

王都上空で存在感を示し、暴動を起こした者たちを威圧する役目も与えられていた。

「既に敵のアジトは見つけてあるからね。順番に回って取り押さえるさ。数が多くて面倒だけどね」

ダニエルは急に駆り出されたため、不満に思って愚痴をこぼす。

「知っているなら最初から乗り込めばいいのにな」

レイモンドも同意見で、それをしない王都の高官たちが理解できない様子だった。

「そうだよね。こんな結果になったんだし、何人か役職を罷免《ひめん》になるんじゃやない？」

ダニエルとレイモンドの話を聞くブラッドは、敵のアジトの場所が示された地図を見ながら考え込む。

(王都全体がリオンの支配下だな。これは、あの王妃様も穏やかではいられないよね。レッドグレイブ家も見切りを付けているし)

王都で起きている暴動に対して、レッドグレイブ家をはじめとした貴族たちが非協力的な態度を見せている。

その中には王都に屋敷を持ち、この状況を知りつつも静観している貴族たちもいた。多くは領主貴族たちである。

まるで王都が焼けても構わないと思っているようだ。

(――これからは嫌でもリオンを中心に荒れることになるぞ)

小さくため息を吐いたブラッドは、気持ちを切り替えて右手を前に出す。

「よし決めた、時計回りに攻め立てよう！　その方が美しい」

戦場に美しさを求めるブラッドに、ダニエルもレイモンドも肩をすくめて理解できないという顔をする。

◇

王都にある酒場。

暴動もあって客のいないその店のドアを蹴破り、中に入ったのはグレッグだった。

普段とは違う歩兵らしい恰好で、ライフルを持っていた。

武装した兵士たちを率いて、酒場に入るとすぐに視線を巡らせる。

「こっちだ！」

ライフルを持って乗り込むグレッグは、二階へと進む階段を見つける。

酒場の二階は宿屋になっていた。

階段を見つけたグレッグは、我先にと階段駆け上がっていく。

後ろから兵士に呼び止められた。

「危険ですよ！」

「大丈夫だ」

そう言って二階へと上がるグレッグは、部屋のドアを前にすると壁を背にする。

部屋の中から銃声が聞こえると、ドアに複数の穴が開いた。

グレッグは銃声などから、どのような銃を所持しているのかを判断する。

(拳銃だな。持っているのは一人か？)

相手が撃ち終わり、弾を装填するタイミングを狙ってドアを蹴破り中に入れば、そこにいたのは元貴族と思われる一家だった。

「動くな！」

髭を生やした男に、その妻や家族たち。

グレッグの後ろから兵士たちが乗り込んでくると、その一家は武器を捨てて両手を上げる。

髭を生やした男が泣きながら悔やんでいた。

「くそ。くそ！　どうしてこんなことに。あの時、逃げなければ俺だって」

言い訳を始めるが、グレッグには聞いてやる暇はなかった。

「今更嘆いても遅いんだよ。その行動力をもっと前に発揮していればな」

目の前にいるのは旧ファンオース公国との戦争の際に敵前逃亡して、貴族の地位を剥奪された一家だ。

この一家だが、酒場と宿屋を経営しながら王都に傭兵《ようへい》やら犯罪者たちを招き入れて暴動の戦力にしていた。

グレッグは一家の拘束を兵士たちに任せる。

「まったく、こんな連中ばかりだな」

ライフルを持って店の外に出るグレッグは、外に出ると酒場の前で鎧に乗ったクリスに出会う。

「クリス、お前も終わったか？」

声をかけると、鎧に乗ったクリスが辟易《へきえき》していた。

『ここは終わったが、またすぐに次に向かえとブラッドの命令だ。あいつも人使いが荒いな』

クリスが今まで相手をしていたのは、酒場が匿《かくま》っていた傭兵や犯罪者たちだ。

彼らには武器が提供され、その中には鎧もあった。

周辺で略奪を行う彼らの相手を、クリスが率いる鎧の集団が鎮圧している。

「お前も大変だな」

『そういうお前も、ここが終われば次に向かうのだろう？』

「そうだよ。犯人を引き渡したら、また次のアジトに向かえとさ」

すると、クリスの周囲に鎧が集まってくる。

空を飛んでいる鎧たちが、クリスに片付けが終わったことを知らせている。

『アークライト様、傭兵共の引き渡しを完了しました』

クリスの鎧が浮かび上がると、グレッグに軽く手を振っていた。

『よし、それならば次に向かおう』

飛び去る鎧の集団を見たグレッグは、ライフルを肩に担ぐ。

「俺も次に向かうとするか」

◇

王都の建物が密集した地域。

建物同士の隙間にできた狭い路地を走るのは、両手に荷物を持った女性たちだ。

淑女の森の代表や幹部が、我先にと逃げ出している。

その後ろからは、大きな荷物を持った淑女の森のメンバーやその家族が付いてくる。

重そうな荷物は、全てが高価な品々だ。

それらは代表や幹部の持ち物であり、絶対に捨てるなと厳命されていた。

代表がドレスを汚しながら必死に逃げている。

「急いで逃げ出すのよ！　まったく、何が自分たちに任せておけよ。ラーシェルの男も本当に頼りないわ」

代表は約束を破り、さっさと逃げ出してしまったガビノに腹を立てていた。

同じように現在の王国を憎む別組織の仲間が、淑女の森に助けを求めてきたことで自分たちが危うい状況にいるのを知ってしまった。

「王国が各地の仲間のアジトを次々に襲撃しているなんて、こんなの聞いていないわよ！　誰よ。誰が裏切ったのよ！」

捕まりたくない一心で、急いで自分たちの荷物をまとめて逃げ出している。

後ろを走る幹部の女性が、代表に見捨てた仲間について話をする。

「よろしかったのですか？　仕事を任せたゾラたちは、アジトを放棄したことも知りませんが？」

状況が悪くなり逃げ出す判断をした時には、運悪くゾラたちはアジトにいなかった。

代表の命令で外に出ていたのだが、そのせいで逃げ遅れている。

「構うものですか！　あいつらの家族のせいでこんな目に遭っているのよ。捕まってしまえばいいのよ」

路地を逃げる淑女の森。

何としても王都から脱出しようとする彼女たちだが、路地を出るとライトの光を当てられる。

「なっ、何で――」

走り疲れた代表がその場に膝から崩れ落ちると、エアバイクに乗った兵士たちに囲まれていた。

振り返って来た道を見れば、狭い路地を塞ぐようにエアバイクの兵士がいる。銃口を自分たちに向けており、逃げ場がない。

がくりと肩を落とすと、エアバイクの一台が地面に降りてくる。

兵士がヘルメットを脱ぐと、代表も知っている元貴公子が微笑んでいた。

「ジルク――様」

名を呼ばれたジルクは、少し不思議そうにする。

「おや、私をご存じのようですね。ですが、生憎《あいにく》と私の方は覚えがありません」

代表はわらにもすがる思いでジルクに懇願する。

「以前遠目にお見かけして、ずっとファンだったのです。お願いします。どうかこの場は見逃していただけませんでしょうか？」

それを聞いたジルクは、笑顔で告げる。

「残念ながらそれはできません。私もファンを失うのは辛いですが、王都で騒ぎを起こしたあなた方を庇えば私も犯罪者になります。それは、私のファンなら望まないことでしょう？　ですから、私はあなたたちを逮捕します。――全員を捕らえなさい」

◇

ジルクが周囲に代表たちを捕らえるように指示すると、エアバイクが次々に降りてくる。

だが、ジルクに対しては冷たい態度を取っていた。

「何が捕らえなさい、だ」

「糞野郎が」

「クラリスお嬢様を捨てた屑野郎」

口々にジルクを罵るエアバイク乗りたちは、不満そうに命令に従っていた。

その中にはクラリスの取り巻きの一人である男もいた。

エアバイクレースでリオンに破れて準優勝だった優秀な男で、今はエアバイクに乗る仕事をしている。

そんな彼もジルクの命令には不満そうにしながらも従っていた。

「ダン先輩、手伝っていただき感謝していますよ」

胡散臭《うさんくさ》い笑顔を見せるジルクに、先輩――ダンは腸《はらわた》が煮えくりかえる思いだった。

「――バーナード様や侯爵様に頼まれているから従っているだけだ。本当なら、お前の命令になんて誰が従うかよ」

周囲も同じ気持ちなのか、深く頷きながら淑女の森を拘束している。

バーナード大臣が集めたエアバイク乗りたちは、ジルクがクラリスとの婚約を破棄したことを根に持っていた。非常時で命令があったから従っているに過ぎない。

本来なら持っている武器で撃ち殺してやりたい、というのが彼らの総意だ。

だが、それを知りながらジルクは微笑んでいる。

「つまり、お二人の命令だから嫌いな私の命令にも従うのですね。それは良いことを聞きました。思う存分、こき使えそうです」

全てを理解した上でのこの台詞が、周囲を余計に苛立たせる。

ダンはジルクのことを考えると腹立たしくなるため、任務に専念することにした。

「それにしても、お前の予想はよく当たるな。逃げ回る奴らを的確に追い込むとは、性格はともかく能力は確かだな。能力だけは」

無駄に能力が高いジルクを、ダンは嫌っていながらも評価はする。

それは周囲も同じだったようで、ブツブツと文句を言いながらも従っているのはジルクが有能だったからだ。

有能で、しかもバーナードやリオンの頼みとあれば従うしかない、というのが彼らの心情である。

「引っかかる物言いですが、今回は許しますよ。それから、この手の仕事は私に向いていましてね。こういう人たちがどこに逃げ込み、どのような思考をするのか大体予想ができるのですよ。私は自分の才能が恐ろしいですよ」

自画自賛するジルクに、ダンは心底嫌そうな顔を向けている。

「それはお前が同じ屑だから、相手の心理を先読みできているだけじゃないか？」

周囲もダンの意見に納得して、深く頷いていた。

第08話「バルトファルト姉妹」

各地で暴動が起きる王都。

王都の住人たちが逃げ惑う中に、フィンリーの姿があった。

その左手には買ったばかりの服やら装飾品が入った紙袋が握られ、右手はジェナが握って前を進んでいた。

「急ぐわよ、フィンリー！」

「お姉ちゃん待って」

学園にフィンリーがいなかったのは、ジェナと一緒に王都で遊んでいたからだった。

フィンリーは一つ離れた通りから銃声がするのを聞いて、首をすくめる。

「何が起きているの？　ねぇ、お姉ちゃん！」

本来ならば学園に戻る時間であったが、ジェナに誘われて門限を破っていた。

そんな二人が遊んでいると、急に騒ぎが起きた。

何事かと思っている内に、王都の各所で戦闘が起きて慌てて逃げ回っている。

ジェナは非常事態に慌てており、口調が荒くなっていた。

「知らないわよ！　とにかく、逃げるのよ」

「でも、学園の方も何かおかしいわよ。飛行船が来ていたし、王都の空で鎧同士が戦っているとか変よ」

とにかく逃げ回っている二人は、自分たちがどこに避難すればいいのかも分かっていなかった。

ジェナは足を止めずに顔だけを振り向かせ、フィンリーを怒鳴りつける。

「いいから走る！　ニックスやリオンもいるから、その内に助けが来るはずよ」

普段は馬鹿にしている兄と弟をジェナは頼りにしているらしい。

フィンリーは学園に入学するまで実家暮らしだったため、自分の兄たちが頼りになるのか疑わしかった。

「本当に兄貴たちに任せて大丈夫なの？」

ジェナは走り疲れたフィンリーを連れて路地に入ると、身を隠しつつ呼吸を整える。

「あんた本当に馬鹿ね」

呼吸が乱れるフィンリーは、噴き出た汗を拭いながらジェナに言い返す。

「馬鹿って何よ。お姉ちゃんのせいだからね！　私が帰ろうとしたら、門限くらい破っても大丈夫～とか言って連れ回したのはお姉ちゃんよ！」

フィンリーが門限を破ったのは、ジェナが遊びに誘ったからだ。

本人も自覚はあるようだが、納得できない部分があるらしい。

「あんたも乗り気で賛成したじゃない！　雰囲気のいいレストランに行きたいとか、色々と注文を付けたのを忘れたの!?」

姉妹が言い争いを始めると、路地の奥から拳銃を持った男が現れる。

その男の姿を見て、フィンリーとジェナは驚愕《きょうがく》する。その男に対して恐怖を覚えたのもあるが、一番の理由は知り合いだったからだ。

学園で用務員が着用する作業着姿の男が、二人に銃口を向けながら話しかけてくる。

「私にも運が向いてきたな。お前たちは大人しく従えよ」

ジェナがフィンリーを庇うように前に立つと、男を睨み付ける。

「ルトアート、あんた王都にいたのね」

「呼び捨てにするな！　本当なら私は男爵――いや、侯爵になっていた男だぞ！」

リオンの功績全ては本来自分が手にするものだった、と言いたげな台詞にジェナの後ろに隠れたフィンリーが正直に感想を述べてしまう。

「あんたが侯爵？　絶対に無理じゃない？」

そんなフィンリーに、ジェナが慌てて注意する。

「馬鹿、相手を怒らせたら――」

ジェナが言い終わる前に、ルトアートが拳銃の引き金を引いた。パンッ、という発砲音がすると、ジェナがその場にくずおれる。

「お姉ちゃん!?」

自分の右太ももを手で押さえるジェナは、こんな時でも強気だった。

「最悪。これ、絶対に傷が残るじゃない」

「お姉ちゃん、け、怪我《けが》！」

「かすっただけよ」

強がるジェナの太ももからは、血が大量に出ている。幸いにして弾は貫通しているようだが、どう見ても軽傷ではなかった。

無表情のルトアートが二人に近付く。

「身の程をわきまえろ。お前らと私では身分が違う」

落ちぶれてもプライドだけは高いルトアートは、二人の使い道を話す。

「お前ら二人はリオンへの人質だ。死にたくなければ、大人しく私の命令に従うことだ」

◇

淑女の森の隠れ家。

代表や多くの者たちが外に出て人気が少ないその場所には、後ろ手にされ手錠で拘束されたフィンリーとジェナの姿があった。

ジェナは太ももを布で縛っている。

冷たい石畳の床に転がされた二人は、言い争う三人の声を聞いていた。

二人にとっても因縁のある三人――いや、バルトファルト家にとって因縁の三人だ。

一人はゾラで、以前は派手なドレスを着ていたのに今では薄汚れた服を着ていた。

髪や肌はボロボロで、実年齢よりもずっと高齢に見えてしまう。

そんなゾラの手には黒い手袋がされている。

随分と混乱しているようなゾラは、周囲に当たり散らしていた。

「どうしてこの二人なのよ！　王女はどうしたの？　アレを回収して戻ったら、代表たちもいなくなるし、もう何が何だか。ちゃんと説明しなさい！」

もう一人はメルセだ。

こちらは派手な恰好をしているが、以前と違って夜に映える派手な化粧をしている。数年前に見た時よりも痩せており、随分と苦労しているのがうかがえる。

「本当に使えないわね！　人質にするなら公爵令嬢や平民の女もいたでしょう！　外国のお姫様だっているのに、どうして一人も捕まえられないのよ！」

かんしゃくを起こす二人に責められているのは、怒鳴られて畏縮しているルトアートだ。

怯えながら言い訳を始める姿は、フィンリーたちに見せた態度とは大違いである。

普段からルトアートは、家族間で立場が悪いようだ。

「わ、私だって連れてくるならもっと身分の高い女子が良かったさ！　だ、だけど、急に殿下たちが現れて仕方なく逃げたんだ。その途中でこいつらを見つけたから、人質に連れてきたんだよ」

ルトアートの視線がフィンリーたちに向けられる。

同時にゾラやメルセの視線も集まり、フィンリーは悔しそうに睨むことしかできない。

(兄貴の言いつけ通りに、門限を守っておけば良かったわ)

門限を破らず学園に戻っていれば、捕らわれることもなくジェナが怪我をすることもなかった。

ジェナの方は、怪我をしながらもフィンリーに謝罪してくる。

「ごめん、フィンリー。私があんたを連れ回したせいで」

「それよりもお姉ちゃんの怪我は大丈夫なの？」

「これくらい大丈夫よ」

随分と辛そうにしているジェナを見て、フィンリーは自分の迂闊さを反省する。

あの時、不用意に相手を刺激しなければ良かったと後悔した。

そんな姉妹の会話を聞いて、苛立ったメルセが近付いてくる。

「その程度の怪我でさっきから五月蠅いわね」

フィンリーの頭をメルセが踏みつける。

「あんたたちを見ているとイライラするのよ。本物の貴族でもないくせに、私たちのおこぼれで貴族を名乗った分際で！」

グリグリと踏みつけるメルセは、これまでの不満をぶつけてくる。

そのほとんどが、自分たちの現状への不満だった。

「私たちの方が尊い血筋なのよ！　それなのに、どうしてあんたらが貴族のままで私たちが平民扱いなのよ！　こんな恰好までさせられて、生きるために好きでもない男に付き合って！　絶対に許さないからね」

「いた、痛い！」

踏みつけられた痛みにフィンリーが声を上げると、メルセが足を上げて何度も強く踏みつける。

フィンリーはメルセに踏みつけられながら、怒りを募らせていた。

(こいつら絶対に許さない。必ず復讐してやる)

この状況でも闘志を燃やすフィンリーだったが、急に何かが覆いかぶさる。

「お姉ちゃん!?」

フィンリーを守るため、ジェナが覆いかぶさっていた。メルセはそんな姉妹の姿を見て、余計に腹立たしくなったのか今度はジェナを踏みつける。

「麗しい姉妹愛のつもり? あんたらなんて無価値なのよ。あのリオンだってあんたらをきっと見捨てるわ。ここでなぶり殺しにしてやる!」

フィンリーはメルセの言葉に、確かにリオンなら自分たちを見捨てるだろうと考えていた。普段から喧嘩が絶えず、姉妹に対しては冷たい態度が目立っている。

これが弟のコリンだったらすぐに駆けつけてくれるだろうが、リオンは自分たちにはそこまでしないだろうと思えた。

(あの馬鹿兄貴なら、私たちを見捨てるかも。くそ――もっと媚を売っておけば良かった。そうすれば、お姉ちゃんだって)

自分に覆いかぶさり、メルセに蹴られているジェナを心配する。

ゾラもそんな自分たちの姿を見て、あざ笑っていた。

「メルセ、痛めつけてもいいけど殺しては駄目よ。無価値だろうと何かの役に立つかも知れないでしよう？」

呼吸を乱し、口角を上げて加虐的な笑みを見せるメルセはゾラの言葉に従う。

「そうよね、お母様。でも、死ななければ何をしても構わないわよね！」

メルセはそう言ってジェナの腹部を蹴った。

「っ！」

「お、お姉ちゃん!?」

脇腹を蹴られて苦しむジェナの声を聞いて、ルトアートが拍手をしていた。

「いい見世物だ」

ルトアートの下卑た笑みを見て、フィンリーの腸は煮えくりかえっていた。

（こいつら絶対――地獄を見せてやる）

◇

王宮の会議室。

そこには次々と敵アジトの制圧、あるいは鎮圧の報告が届いていた。

次々に入室しては退出する騎士たちには悲愴感《ひそうかん》がなく、吉報を届けてくる。

騎士たちも嬉しい知らせを届けられて気分がいいようだ。

「王都北部の騒ぎは全て鎮圧しました！　アインホルンは東部へと移動し、部隊を投下しております！」

「エアバイク部隊、逃亡した者たちを捕らえました！　既に取り調べも行い、ラーシェルとの関わりを自白しております」

「西部に派遣した部隊より朗報です！　元貴族で構成された集団の捕縛に成功しました」

テーブルの上に置かれた地図の上で、次々に敵を示すマークが消えていく。

みんなの視線が俺に集まっていた。

「さて、次はどこを攻めるかな」

どの部隊をどこに派遣すればいいのか？

どうすれば効率的か？

そんなことを考えていると、側にいたユリウスが地図を指し示しながら俺に提案してくる。

「ここには古い物見の塔がある。立て籠もられると厄介だ。敵が集結する前に叩いた方がいい」

「あ〜、あれか。何度か見たことがあるな」

今ではただの古い建物で意識していなかった。

「王都が拡張する前は見張りを置いていた場所だが、今は倉庫扱いだ。だが、内部の構造は戦うために作られているから厄介だぞ」

「それなら鎧は駄目だな。グレッグを送るか」

俺が知らない王都の事情に詳しいユリウスを参謀役にして、俺は次の派遣先を決める。

するとルクシオンが即座に。

『グレッグへ次の目標を指示しましたが、弾薬の補給を求めています。ルートは最短距離ではありませんが、補給をさせるためこのルートを通らせます』

ルクシオンがグレッグの部隊が通る道順を示すと、補給部隊を置いている場所を経由して物見の塔へと向かわせるようだ。

特に異論はないので頷いておく。

「それなら、ジルクたちにも補給をさせるか」

『それでは、アインホルンを派遣させましょう』

俺が次々に決めると、その様子をミレーヌさんが手を握りしめて見ていた。

周囲は朗報が続いて危機的状況から解放され、笑顔も増えているのに一人緊張した様子だったので声をかける。

「どうかしましたか？」

「――いえ、本当に凄いロストアイテムだと感心しただけです。アルゼル共和国で活躍したのも納得ですね。もう呆れを通り越して恐ろしいくらいだわ」

強《こわ》ばった笑みを見せるミレーヌさんは、ルクシオンを恐れているように見える。

確かに凄い性能を持つルクシオンは、ミレーヌさんにとって脅威に思えるだろう。恐れても仕方がない。

「大丈夫ですよ、ミレーヌさん」

「え？」

「ルクシオンが怖いかも知れませんが、俺の命令には従いますからね。ミレーヌさんに危害を加えるようなことは絶対にさせません」

「侯爵――いえ、リオン君」

俺が決め顔で安心させると、ミレーヌさんが頬を染めていた。

俺の隣でユリウスがドン引きしている。

「リオン、母上を口説くならせめて俺の目の前は止めてくれないか？」

「口説いていない。安心させているだけだ」

「そうか。周りを見ても同じことが言えるか？」

促されて周囲に視線を向けると、会議室にいた人たちが俺から視線を逸らしている。

どうやら邪推されているようだ。

バーナード大臣など、照れているミレーヌさんを見て少し驚いていた。

「この方にこんな顔をさせるのは侯爵くらいだよ」

「それはそれで嬉しいですね」

ルクシオンが、調子に乗る俺を責めてくる。

『時と場所は考えた方がよろしいですよ。しかも、アンジェリカがいるというのに』

「あ、やべぇ」

ハッと気付いた俺は、会議室にいるアンジェに視線を送る。

このようなところを見られたら、また怒られて耳を引っ張られる。

それを恐れてアンジェの様子を見たのだが、今はディアドリー先輩やクラリス先輩と真剣に話し込んでいた。

どうやら今の会話は聞かれていないようだ。

「良かった。聞かれていないな」

胸をなで下ろしていると、ユリウスが俺に呆れていた。

「本当にお前という奴は――だが、この調子なら暴動もすぐに収まるな」

視線を地図に戻した俺は、そのままルクシオンに尋ねる。

「それよりもジェナやフィンリーたちは見つかったのか？」

避難する際に学園にはフィンリーの姿がなかった。

女子生徒からはジェナと遊びに出かけて、門限を過ぎても戻ってこなかったと聞いている。

最悪のタイミングで門限破りとは、運が悪いにも程がある。

『現在調査中です』

「早く見つけ出せよ」

――死なれでもしたら気分が悪いし、家族が悲しむことになる。

◇

会議室の窓際。

そこでディアドリーやクラリスと話をしていたアンジェは、窓から見える王都に視線を向ける。

（この騒ぎが可愛く思えるな）

元貴族たちを中心とした反乱騒ぎは、計画性もなく散発的だった。

リオンがいなくても鎮圧されただろう騒ぎだが、アンジェの悩みは別にある。

ディアドリーがコソコソと話しかけてくる。

「ラーシェルの者をお姉様が捕らえましたわよ。外道騎士殿を国家の敵と認定し、随分と恨んでいる様子ですわ。今回の騒ぎも裏でラーシェルが支援していた証拠も出ていますわよ。これ、侯爵にちゃんとお伝えしてね」

ディアドリーは自分の実家から届いた情報を、アンジェに伝えた。

クラリスも同様だ。

「うちの関係者が淑女の森を名乗る人たちを捕らえたわ。リオン君と因縁があるみたいだし、必要なら引き渡すわよ」

二人とも王宮ではなく、アンジェに伝えて判断を任せている。

そのことが、アンジェには不満で仕方がない。

「先に王宮に知らせるべきだな」

アンジェが当たり前のことを言って二人を注意すると、二人は顔を見合わせてからうっすらと笑みを作る。

ご冗談を、という顔はアンジェの内心を見透かしているようだった。

クラリスが会議の場でリオンの近くにいる父を一瞥してから、アンジェに現状について話をする。

「ごまかしても駄目よ、アンジェリカ。公爵家が軍を出さないのは、もう王家を見限っているからでしょう？」

クラリスの言葉は周囲に聞こえないほど小声だ。

だが、アンジェはそれを責める。

「この場でする話ではないぞ」

しかし、ディアドリーも止める気配がない。

「勝敗なんて考えるまでもないわ。後輩君――侯爵様をご覧なさいな。的確に軍を指揮しているわよね？」

リオンが普段通りやる気が感じられない態度で、軍を指揮している。

ただ、問題はその結果だ。

どれもが的確すぎて、周囲にいる者たちが感心しながらも恐れていた。

情報が常に実時間で集まってくる。

外で起きた出来事が、即座に会議室にいながら知れるというのはアンジェにとっても驚きだった。

情報を正確に素早く手に入れるために、軍というのは少なくない予算を割いている。

それは情報収集の価値を知っているからだ。

それでも即座に正確な情報を手に入れるなど不可能だった。

不可能を可能にするルクシオンを従えるリオンは、この場にいる者たちにとっては頼もしく、そして恐ろしい存在だろう。

ディアドリーがアンジェの耳に口を近付けて囁《ささや》く。

「安心しなさい、アンジェリカ。戦っても絶対に負けないわ」

王都を本拠地にしないリオンが、今こうして全てを掌握している。

クラリスはアンジェに現実を教える。

「いずれ嫌でも戦うことになるわよ。今の王家にしてみれば、絶対に放置できないもの。自分たちをいつでも倒せて成り代われる存在なんて恐怖でしかないからね」

ホルファート王国の切り札とされてきた王家の船は、公国との戦いで失われている。

そんな中、強力なロストアイテムを持つリオンの存在は王家には脅威だった。

実際にミレーヌは、ルクシオンを脅威と判断して警戒している。

アンジェはそれに気付かないリオンに、もう少し加減しろと思う。

(馬鹿者が。本気を出すにしてももう少し実力を隠せ)

アルゼル共和国でルクシオン本体を披露してから、リオンのたがが緩んでいるような気がしてならなかった。

(今更自重しろと言っても遅いか。しかし、事前に何ができるか相談くらい――)

アンジェがリオンに視線を向けると、釣られるようにクラリスとディアドリーも顔をそちらへと向けた。

三人とも表情が強ばる。

ディアドリーは目を伏せた。

「まぁ、問題があるとすれば王妃様ですわね」

クラリスも冷たい目をリオンに向けている。

「随分と仲が良さそうね」

三人が視線を向けた先に見えたのは、リオンがミレーヌの不安を取り除こうとしている場面だった。

どう見ても口説いているようにしか見えないため、三人には面白くない。

アンジェが目を閉じて嫌みを吐く。

「リオンの王妃様への忠誠心には困ったものだ」

（のんきに王妃様を口説いていないで、お前はもう少し自分の将来を考えろ。後で説教をしてやる）

アンジェにとって許しがたい光景だが、リオンが気兼ねなく口説いている時点で本気ではないとも察していた。

面倒くさいリオンの性格をアンジェはよく理解している。

ディアドリーはリオンの行動を褒めながら皮肉を言う。

「この場で口説く度胸は褒めたいですわね。本当にそれだけですが」

クラリスは面白くなさそうに腰に手を当てていた。

「唯一の懸念は王妃様で間違いないわね」

アンジェはリオンから視線を離すと、二人に真剣な眼差《まなざ》しを向ける。

（この状況を乗り切った後の方が問題だな）

今後について不安を抱くアンジェだったが、会議室の空気が変わる。

それまで落ち着いていたリオンが激怒している光景に、皆の視線が集まる。

「ルクシオン、もう一度言ってみろ」

静かだが言葉には怒りがにじみ出ていた。

激怒するリオンの視線を向けられているのは、相棒であるルクシオンだ。

『お二人とも人質に取られています。首謀者は淑女の森の残党であるゾラたちですね。ルトアート、メルセの二人も確認しています』

ルクシオンの報告を聞いたリオンは、最高責任者としての責務を放棄する。

「俺が行く」

騒然となる会議の場で、アンジェはリオンの顔を見て止めても無駄だと察する。

周囲がそんなリオンを止めようとする。

「侯爵にこの場を離れられては困ります！」

「もう終わっているだろうが？　後は片付けだけだって」

「ですから、その片付けにも命令が必要です」

「戻ってから命令するし、何なら外からでも命令が出せる」

一気に騒がしくなる会議の場で、リオンを大勢が囲んでいた。

アンジェは小さくため息を吐いて、リオンを助けるために歩み出る。

「行かせてやれ」

リオンやその周囲の視線を向けられたアンジェは、腰に手を当ててリオンを睨む。

「好き勝手にするならば責任は果たせよ」

「――アンジェ」

リオンはアンジェが自分を止めると思っていたのか、意外な顔をしていた。

アンジェが破顔する。

「さっさと終わらせてこい」

「――すぐに戻るよ」

ルクシオンを連れてリオンが会議室を飛び出すと、ミレーヌが側に寄ってきた。

「随分と信頼しているのね。でも、今の判断は間違いですよ」

「私もそう思います。ただ、リオンにとっても因縁の相手で、大事な家族を助けるためですから」

アンジェが行かせた理由を話すと、ミレーヌは呆れたのか小さくため息を吐くとリオンが飛び出したドアを見る。

「私は彼を勘違いしていました」

「勘違い？」

ミレーヌがリオンに対して評価を改める。

「小器用に何でもできる強い子だと思っていましたが、根は不器用ですね」

不器用と評価するミレーヌは、悲しそうに微笑む。

「可哀想な子。――アンジェ、あなたがしっかり支えなさい」

それだけ言って、ミレーヌはアンジェの側を離れた。

アンジェはミレーヌの「可哀想な子」という発言に疑問を持ったが、いくつか思い当たる節もあった。

(可哀想、か。確かに、リオンにとってこの状況は望んだものではないからな)

◇

会議室を出て廊下に出ると、何故かそこにはジェイク殿下とオスカルの姿があった。

ついでに、ジェイク殿下の側にはアーレちゃんの姿もある。

どうやら俺を待っていたらしい。

オスカルが俺に近付いてきた。

「侯爵！　フィンリーさんはまだ見つからないのですか!?」

「安心しろ。これから助けに行く」

何故かフィンリーを気にかけるオスカルを見ていると、どうしたものかと思ってしまう。妹の恋路を邪魔するつもりはないが、オスカルは攻略対象の一人だ。

できればミアちゃんと、と思ってしまうのは俺の都合だろう。

これからジェナとフィンリーを助けに向かう俺に、オスカルが同行の許可を求めてくる。

「ならば自分も！」

「駄目だ。お前は大人しくしていろよ」

「で、ですが」

フィンリーを助けに向かおうとするオスカルに、俺は正直な気持ちを尋ねる。

「お前は、フィンリーのことをどう思っているんだよ？　わざわざ助けに行くくらいには好きなんだろうけどさ」

すると、オスカルは困ったように笑って俺の質問に曖昧に答える。

「自分でも分かりません。ただ、嫌いではないと思います。そうですね、自分からすれば面倒見の良いお姉ちゃんでしょうか？」

「お姉ちゃん!?　フィンリーが!?」

小柄なフィンリーを姉と慕うオスカルに驚くと、ジェイク殿下が俺たちの会話に割り込んでくる。

「バルトファルト、俺も同行してやる」

「は？」

「俺は兄上よりも優秀だからな。きっと役に立ってみせるぞ」

ジェイク殿下が連れていけと言ってくるが、しきりに後ろにいるアーレちゃんを気にかけていた。

好きな女の子？　の前で恰好を付けたいお年頃なのだろう。

――ユリウスもジェイク殿下もやっぱり兄弟だな。

俺に「お前ら正気かよ!?」と思わせるだけはある。

「何で王子様を連れ回せると思うの？　お前は留守番に決まっているだろうが。ユリウスのお手伝いでもしてろよ」

「お、お前、俺はこれでも王子――」

「殿下邪魔です」

素っ気なくジェイク殿下の申し出を断ると、本人が納得できずに何か言おうとしていたオスカルに突き飛ばされた。

「オスカルゥゥゥ!?　俺は王子で、お前は俺の乳兄弟じゃないのか!?」

突き飛ばされて床に転がるジェイク殿下を無視して、オスカルが俺の顔を見据えてくる。

「どうか自分にもお手伝いさせてください。邪魔はしません。ですから、お願いします！」

深く頭を下げてくるオスカルに、俺は根負けする。

「お前らに関わっている時間が無駄だな。邪魔したらぶっ飛ばすからな」

オスカルの同行を許可すると、本人は満面の笑みを浮かべ――ジェイク殿下は床に転んだまま酷く落ち込んでいた。

アーレちゃんが慰めている。

「ジェイク殿下、大人しくしていましょう」

「――お、おのれ、バルトファルト」

何故か俺を恨んでいるようだが、第二王子を連れ出したら俺が怒られるだろうが。

お前ら兄弟は揃いも揃って俺に迷惑をかけてくる。

これもローランドの血だろうか？

◇

「目を開けてよ、お姉ちゃん！」

淑女の森のアジト。

そこではメルセに暴力を振るわれたジェナが、傷だらけになっていた。

呼吸も弱く、意識もない。

自分を庇ったジェナの姿に涙を流すフィンリーに、折れた棒を持ったメルセが笑っていた。

ジェナを叩いていた棒が折れて使えなくなり、それを放り投げる。

「どうしたのよ？　もっと声を上げないと面白くないでしょう！」

その隣にいたルトアートも、ジェナを踏みつける。

二人とも今の自分たちの現状に納得できず、鬱屈《うっくつ》した感情をジェナにぶつけていた。

「これ以上やったら死ぬな。けど、一人は生きているしどうでもいいか」

感覚が麻痺《まひ》している二人の子供を見ているゾラは、アジトにあった椅子に座っていた。

考えているのは復讐の内容だ。

「いいわね。死んだ娘の姿を見せてやれば、バルカスもきっと気付くはずよ。自分たちが一体誰に逆らったのか、教えてあげないとね」

ジェナを叩き続けて疲れたメルセが、部屋にある木箱に腰掛ける。

「計画が成功すれば、私たちはまた貴族に返り咲くのよ。今度はあんたたちをこき使って、惨めな生活を送らせてあげる」

勝ち誇ったような顔をするゾラ一家。

フィンリーは小さい頃の記憶を思い出す。

(こいつら本当に最低だわ。そうよ、昔から酷かったわね)

◇

バルトファルト家の屋敷。

普段顔を出さないゾラ一家が、その日はバルカスに文句を言いに来た。

応接室で罵声を浴びせられるバルカスとリュースの姿を、幼いフィンリーはドアの隙間から見ていた。

「仕送りが減っているのはどういうことよ！　こんなの契約違反だわ。絶対にあり得ない。田舎貴族はこの程度の約束も守れないの!?」

ゾラがわざわざ乗り込んできた理由は、バルトファルト家からの仕送りが少なかったからだ。

だが、これには理由があった。

バルカスが申し訳なさそうにする。

「す、すまない、ゾラ。俺たちも頑張っているんだが、今年は災害もあってどうしてもお金がないんだ」

災害で復興のために人手や予算が取られ、オマケに作物の育ちも悪かった。

凶作ではないが、例年よりも悪かった。

そのため、屋敷では売れる物を全て売り払い、何とかお金を用意して仕送りをしていた。

フィンリーは、リュースが持っていた服も数少ない装飾品も手放したのを知っている。

屋敷も物が減っており、自分たちは食べる物にも困っていた。

だが、ゾラはそれでも許さない。

「それが何？　あんたたちが苦しもうと私に何の関係があるの？　約束通り仕送りをしないなら、こちらにも考えがあるわよ。王宮にこの話を持ち込みましょうか？」

バルカスが王宮にこの話をされるのはまずいと思ったのか、ゾラに頭を下げる。

「そ、それだけは何とか許してくれ！」

王宮は領主よりもゾラのような女性を優遇しており、この手の話を判断すると領主が悪いとなって余計に罰金が発生する。

時には領地を召し上げられるため、バルカスは謝るしかなかった。

「だったら、何としてもお金を用意しなさい。まったく、こんなことでわざわざ足を運ばせるなんて、本当に役立たずなんだから」

そう言って、ゾラは普段からの不満を二人にぶつける。

フィンリーは両親の姿にいたたまれなくなり、部屋から離れるのだった。

廊下を歩いていると、自分たちとは違って高価な服に身を包んだルトアートとメルセがいた。

二人がフィンリーに気付くと、メルセがあざ笑う。

「みすぼらしい恰好ね。本当に田舎の子って嫌いだわ」

ルトアートはフィンリーを見て、肩をすくめていた。

「同感だよ。こんな何もない場所でよく生きていけるよね」

そんな二人を見守っているのは、ゾラの専属使用人を務めるエルフだった。

「お嬢様、お坊ちゃま、あちらの部屋に王都から持ち込んだお菓子を用意してありますよ」

お菓子と聞いてフィンリーがお腹を鳴らすと、エルフは口元に手を当てて見下しながら笑っていた。

「残念ながらあなたの分はありませんよ」

そう言って二人を連れて部屋へと向かう。

メルセはお腹を押さえたフィンリーを見て、意地悪く笑っている。

「残念でした～」

ルトアートはお菓子と聞いても、あまり嬉しそうにしていない。

「どうせいつも食べているお菓子だろ？　もう飽きたんだよね」

それが、フィンリーには酷く腹立たしかった。

自分たちは食事にすら困っているのに、どうしてゾラ一家はお菓子まで用意されているのか？

空腹に耐えながら、フィンリーはゾラ一家に怒りを募らせた。

◇

(そうよ。あの頃からずっと悔しかった。こいつらが幸せに暮らしているのは、みんなうちのお金を吸い上げているからだって)

ゾラたちに贅沢な暮らしをさせるために、自分たちが苦労していると知ったフィンリーは悔しくてたまらなかった。

リオンが出世したことで最近は少し落ち着いたが、それまでは苦しい生活を強いられていた。

それも全て、ゾラ一家のために。

(何でこいつら、自業自得のくせに私たちを恨んでいるのよ。恨んでいるのはこっちの方よ)

憎悪がフィンリーの中で膨らんでいく。

すると、アジトのドアが蹴破られる音が聞こえてくる。

同時に男性の大声も聞こえてきた。

「フィンリーさぁぁぁん!!」

聞こえてくるのはオスカルの叫び声。

そして、聞き慣れた兄の声もする。

「襲撃で叫ぶな!」

突入してきたリオンが、すぐにアジト内にいるゾラ一家を見て武器を持ったルトアートにライフルの銃口を向けていた。

銃口を向けられたルトアートが、慌ててリオンに拳銃を向けるが間に合わなかった。

先に引き金を引いたのはリオンで、ルトアートは右腕を撃ち抜かれた。

ルトアートは持っていた拳銃を床に落として、自分の腕から血が流れ出ているのを見て酷く狼狽える。

「ぎゃぁあぁぁぁ!! わ、私の腕がぁぁぁ!! 血、血が!!」

泣き叫ぶルトアートをゾラもメルセも見ていることしかできない。そもそも、何が起きているのか理解が追いつかず動けずにいた。

リオンはそんな二人を脅威とは見なさず、ルトアートに駆け寄ると銃床で頭部を殴りつけて倒す。

リオンがフィンリーとジェナを一瞥し、目を細めると騒いでいるルトアートの腹部を思い切り蹴りつけた。

そのまま馬乗りになったリオンは、ルトアートを銃床で滅多打ちにする。そこに手加減など存在せず、普段と違う荒々しいリオンの姿があった。

「だ、誰——助け——っ!」

「ギャーギャー五月蠅いんだよ! お前らよくもやってくれたな。これまでの分も合わせて、たっぷり仕返ししてやるよ」

暴れるリオンを見ていたフィンリーだったが、オスカルがやって来る。

「フィンリーさん、大丈夫ですか!」

「オスカルさん」

自分を助けに来てくれたオスカルの姿が、フィンリーにはとても頼もしかった。

ルクシオンが現れると、赤いレンズからレーザーを照射して手錠を外す。

『どうやらこれで終わりのようですね』

ルクシオンに助けられたフィンリーは、すぐにジェナを見る。

「丸いの、お願いだからお姉ちゃんを！」

『もちろんお助けしますよ。そうしないと、マスターが五月蠅いのでね』

ルクシオンがリオンに赤いレンズを向けると、息を切らしたリオンが立ち上がるところだった。

ルトアートの顔は原形が分からないほど変形し、生きているようだが意識はない。

リオンはライフルを構えると、ゾラとメルセに銃口を向ける。

「終わりだ。さっさとお縄に付け」

リオンにそう言われて、震えながらもメルセが強がる。

「ば、馬鹿ね。もう何もかも遅いのよ。外では、革命が成功しているはずよ。捕まるのは私たちじゃなくて、あんたたちよ！」

メルセは自分たちの計画が成功すると信じて疑っていなかった。

ゾラも同じだ。

「そうよ！　糞ガキがいつまでも調子に乗るんじゃないわよ。お前みたいな男は、大人しく私たちに従っていれば良かったのよ！」

だが、リオンはそれを鼻で笑う。

その態度がかんに障ったのか、ゾラが額に青筋を浮かべて金切り声でまくし立てる。

「お前みたいな貧乏で何の取り柄もない男は、私たち女の奴隷をしていれば良かったのよ！　それを勘違いして、王国の秩序まで崩壊させて！　何もかもお前が悪いのよ！　こんな酷い国にして許されると思っているの！」

リオンはまくし立てるゾラから銃口を逸らして、木箱に向かって発砲した。

その一発でゾラが黙り込んでしまうと、ヘラヘラと笑い出す。

「長々と五月蠅いんだよ。つまりお前らは、自分たちは悪くないって言いたいんだろ？　俺たち家族に酷いことをしたのも、男を見下したのも全ては正義か？　本当にお前らは馬鹿だな」

ゾラが手を握りしめると、黒い手袋がギチギチと音を立てる。

「男のくせに調子に乗って」

「男。男ね。うん、今は実に男に都合が良い社会になった。お前らにとっては不幸かも知れないが、俺にとっては最高だ！」

「こ、この男は」

ゾラの神経を逆なでするリオンだったが、笑顔が消えると真剣な顔つきになる。

「お前ら本当に馬鹿だな。お前らが今の状況に陥っているのは、全部自業自得だろうが。自分たちは悪くない？　笑わせるなよ」

自業自得と言い切るリオンは、ゾラたちが今の状況に陥った原因を話す。

「世の中な、男も女も関係なく屑は屑なんだよ」

屑と言われたゾラとメルセが眉間に深いしわを作ってリオンを睨み付ける。二人の憎悪を向けられても、リオンは全く動じていない。

メルセがリオンを罵る。

「何が屑よ！　屑はあんたでしょ！」

「俺は自分が屑だと自覚している。だけどお前らは、自分が屑だと理解していない無自覚な最低の屑だから」

ヘラヘラと答えるリオンに、今度はゾラが反論する。

「王国は今まで女性を尊重する正しい社会だったのに！　お前さえ――」

「他人を尊重できない奴が、尊重してもらえると思うなよ。そもそも、お前らは恨まれているのを自覚しろよ。お前ら俺たちに何をしてきたよ？　自分たちが間違っていなかったとでも言うつもりか？」

自分たちが間違っていると言われ、それを認められないゾラが顔を赤くする。

「何ですって？」

「お前らは正当性とか本当はどうでもいいんだろ？　少しは自分たちの行いを省みろよ。男女関係なくお前らのしたことは最低だからな。ついでに教えてやるけど、お前らが革命？　とかほざいていた雑な暴動はもう鎮圧されたよ」

リオンが何を言おうが聞き入れなかった二人が、計画の失敗を知らされると途端に勢いを失った。

ゾラが震える手でリオンを指さす。

「う、嘘よ」

「俺がここにいるのが証拠だよ。お前らのトップも既に捕まっているよ。そもそも、お前らが革命を成功させるくらい有能なら、こんな状況になっていないから。ラーシェルの連中にいいように踊らされたな」

メルセが膝から崩れ落ちる。

「私は何のために苦労を」

これまでの苦労が全て水の泡となり、絶望するゾラとメルセを見ているリオンは冷めた目をしていた。これまで苦労させられたゾラ一家を前に、リオンにも思うところがあったのだろう。

「もっと前に頑張るべきだったな。それはそうと、俺の家族に手を出した落とし前は付けてもらうからな」

低い声でそう言ったリオンは、もう二人を捕らえるつもりらしい。ルトアートのように徹底的に叩きのめすようなことはしなかった。

そんな姿を見て、フィンリーは――。

「は？　何でその二人には何もしないのよ？」

腹の虫が治まらないフィンリーに振り向くリオンは、先程と違って歯切れが悪い。

「いや、俺も流石に女性には手を出せないし」

そんなことを言い出すリオンに、フィンリーがキレた。

「お姉ちゃんを痛めつけた連中を、そのまま放置するとか許されるわけねーだろうがぁ！　落とし前っていうのは、男女関係なく付けるんだよ！」

「フィ、フィンリー？　落ち着こう。な？」

呼吸が荒くなるフィンリーに、オスカルも話しかけてくる。

「フィンリーさん、これ以上はもう」

そんな弱腰のオスカルに振り返ったフィンリーの顔は、まるで鬼のような形相だった。

「お姉ちゃんがやられて、黙っていられないのよ！　あんたそれでも男なの？」

「す、すみません」

謝罪するオスカルから視線を外すフィンリーは、座り込んでいるメルセに大股で近付くと――そのまま髪を掴んで床に顔を叩き付けた。

「お姉ちゃんの仇《かたき》は――私が取る！」

「や、やめ――顔は駄目！」

必死に抵抗するメルセだったが、フィンリーは片腕で何度も床にメルセの顔を叩き付けていく。綺麗な顔から鼻血が出るが、気にせずフィンリーは無言に叩き付ける。

自分を庇ったジェナの復讐のため、一切の手加減をしなかった。

「その綺麗な顔をグチャグチャにしてやんよ！」

流石のリオンも止めに入った。

「フィンリー落ち着いて！　お願いだから！」

そして、メルセが動かなくなると、フィンリーはリオンの制止を無視してゾラに狙いを定める。服や顔にはメルセの返り血が付いているため、ゾラが後ずさった。

「ひっ！」

「てめぇもジャガイモみたいな顔にしてやるよ！」

◇

鬼の形相で暴れ回るフィンリーは、ゾラに跳び蹴りを見舞うと次に関節技などを使用して苦しめていた。

泡を吹くゾラを見て笑っているフィンリーは、やはりリオンに似ているとルクシオンは思う。

そんなリオンは、フィンリーを止めようとするが手が出せていない。

「フィンリーもう止めて！」

「お前が女だからって手を抜くからだろうが！　そもそもな、女の敵は女なんだよ！　こいつらは私の敵よ！」

興奮して口調が荒くなっているフィンリーは、容赦なくゾラを叩きのめす。

マウントを取って両手の拳を無表情で何度も叩き込む姿に、リオンやオスカルがドン引きしていた。

『流石はマスターの妹君です』

ルクシオンが赤いレンズを別方向へと向けると、オスカルに抱かれたジェナが目を覚ました。本人はオスカルとは面識がないのだが、目を覚ますとイケメンに抱きかかえられており嬉しそうにしている。

「ヤだ、夢みたいなイケメン」

怪我をしているのにこの余裕だ。

オスカルも困惑している。

「いえ、自分はオスカル・フィア・ホーガンであります」

生真面目に答えるオスカルが眩《まぶ》しく見えたのか、ジェナはうっとりとする。しかし、すぐに自分が怪我をしていることを思い出した。

「嫌だわ、私ったらこんな姿をオスカル様に見せるなんて」

ジェナのタフさにルクシオンも感心する。

オスカルは、大体の事情を察していた。

「フィンリーさんを守られて負傷したと聞いています。恥ずかしがる必要はありません。あなたは立派な方だ」

「オスカル様――失礼ですが、お付き合いをしている女性はいますか？　婚約者とか」

「へ？　え、えっと」

オスカルは暴れ回るフィンリーに視線を向けて、それからジェナに答える。

「――いません」

「それでは好きな人は!?」

「い、いません」

鬼の形相で暴れ回るフィンリーへの恋心が消え去ったのか、オスカルは恋人も好きな人もいないと答える。

ジェナは一瞬だが、飢えた肉食獣が草食動物を見つけたような目つきをする。

そして、オスカルに弱々しい姿を見せた。

「オスカル様、私——目眩《めまい》がします」

そう言って抱きつくジェナを、オスカルはオロオロとしながら優しく抱きしめる。

「大丈夫ですか!?」

そんな二人の姿を見て、ルクシオンはフィンリーの言葉は間違いではなかったと再認識するのだった。

『女の敵は女、ですね』

第09話「ゾラ一家の結末」

散々暴れ回ったフィンリーは、返り血を浴びて肩で呼吸をしていた。

俺は自分の妹がこんなにも恐ろしい存在だとは思っていなかった。

まるで戦いを好み、戦いのために生きるバーサーカーだ。

フィンリーの側に倒れるゾラとメルセは、ボロボロで酷い怪我をしている。

「妹が怖い」

俺の正直な感想を呟くと、ルクシオンが側に寄ってくる。

『素晴らしい戦士の素養をお持ちですね。ただし、今後は少し荒れるでしょうね』

「荒れる？　もう荒れに荒れているのに？」

『その話は後でしましょう。それよりも――』

ルクシオンがゾラに赤いレンズを向けると、意識を取り戻したルトアートが近付いていた。

「は、母上――」

ゾラを助けようとしているのだろうか？　こいつらにも親子の情があるらしい。

捕縛する兵士たちが来るまで様子を見ようとすると、ルクシオンが叫ぶ。

『微弱ながら魔装の反応？　マスター、ゾラが握っているのは魔装の破片です！』

「何!?　全員すぐに下がれ！　オスカル、お前は二人を守れ」

フィンリーを後ろに突き飛ばした俺は、慌ててライフルを構える。

ゾラはその手に何かを掴んでいた。

ガラスの破片のような鋭いそれを、ゾラは近付いてきたルトアートの首筋に突き立てる。

ルトアートは驚いていた。

「母上――な、何で!?」

魔装の破片を息子であるルトアートに突き刺したゾラは、俺の方を見ると勝ち誇ったように大笑いする。

「油断したわね！　ルトアート、お前は使えない愚図《ぐず》だったけど、最後はこうして母の役に立ちなさい。私はお前が戦っている間に逃げるとするわ」

ヨロヨロと立ち上がるゾラは、魔装の破片が突き刺さって苦しむルトアートを自分が逃げ出すための時間稼ぎに利用するつもりらしい。

メルセも立ち上がっていた。

手で顔を押さえて、指の隙間から俺たちを睨んでいる。

「殺す。必ず戻ってきてお前らを殺してやる！」

ゾラと一緒に逃げ出そうとするメルセに、ルトアートが手を伸ばして足首を掴んだ。

「助けて――姉上」

助けを求めるルトアートに、メルセは蹴りを入れる。

「放せ、この愚図！」

二人はルトアートを見捨ててアジトから逃げようとしていた。

その姿にルトアートの様子がおかしくなる。

クックックと笑い出し、その背中にいくつもの肉眼を出現させていた。

魔装に体を侵食されて、ルトアートの手足が伸びる。

先端は鋭くなり、腹部に大きな口が出現した。

最初から人間の形を保てず、異形へと変わっていく。

「ルトアート、お前」

俺はライフルに装填された弾丸を排出し、弾倉を交換する。

ルトアートの方は、俺たちよりも逃げ出そうとしているゾラとメルセに体を向けていた。

ゾラとメルセが化け物になったルトアートを前にして、尻餅をついている。

「く、来るな！」

「あっちに行け！　敵はあっちよ！」

二人の言葉を聞いて、首が伸びたルトアートは不気味に笑う。

『——おいしそう』

巨大化したルトアートの体は、そのまま二人に飛びかかる。

俺はルトアートの意識が二人に向かっている間に、三人を外へ連れ出す。

「急いで逃げるぞ！」

地上へと続いていた階段を急いで駆け上がると、後ろから女性の悲鳴と一緒に聞きたくない音まで聞こえてきた。

　フィンリーが叫ぶ。

「あの化け物は何よ！」

　オスカルはジェナをお姫様でも抱えるように抱き上げ走っていた。

「自分は何も知りません！」

　ジェナの方は、こんな時でもオスカルにしっかり抱きついている。

「みんな急いで！」

　俺たちは地上に出て、そのまま建物から外に出る。

　外はうっすらと明るくなっており、もう夜明けだ。

「ルクシオン、ルトアートは!?」

　ルクシオンが赤いレンズを光らせる。

『もう地上に出てきます』

　ルクシオンが言い終わると同時に、建物が崩れてそこからルトアートだった化け物が姿を見せる。

　ルトアートの面影は何一つ残っていなかった。

　肉の塊に大きな口があり、五つの触手が生えている。

　こちらを見て舌舐めずりをするその姿にゾッとした。

「オスカル、お前は二人を連れて下がれ！」

「は、はい！」

オスカルがジェナを抱え、フィンリーと一緒にこの場から離れていく。

ルトアートの方は俺を見ていた。

そして、化け物の口で。

『全部俺の。地位も、財産も、そして力も――俺の』

俺に近付きながら全て自分の物だと言うルトアートの心情を、ルクシオンが律儀にも解説する。

『マスターに対して嫉妬していたのでしょう。爵位や財産、そして私の力まで自分の物になると考えていたようです。本当に度し難いですね』

「全くだ」

触手を振り回すルトアートの攻撃を避けつつ、ライフルで撃つと着弾した場所が爆《は》ぜた。

触手の一本が吹き飛ぶと、ルトアートが暴れ回る。

四メートルほどの大きさになったルトアートが暴れると、周囲の建物を巻き込んで破壊していくため瓦礫《がれき》や砂煙が酷い。

「お前には同情する部分もある。手早く終わらせてやるよ」

ライフルを構えると、ルトアートが俺に飛びかかってきた。

その巨体で高く飛び上がり、俺を押し潰して食おうとしている。

さっさと移動して避けると、俺に大きな口を向けたルトアートが叫ぶ。

『全部俺の！　リオンの物は俺の物だ！　全部――あの女たちも』

「――あ？」

ルトアートの台詞がどうしても許せずに、素早くライフルを構えて引き金を引いた。

一発ではなく、弾倉の弾を撃ち尽くす。

着弾するとその場所が爆ぜるため、ルトアートの体は大部分が吹き飛ぶ。

『ギャアァァァァアァ!!』

痛みに悶えて周囲を破壊するルトアートは、泣いているようだった。そして、大量に黒い液体を垂れ流して、すぐに動かなくなる。

「終わったな」

ルクシオンが俺の怒りに呆れた口調で話しかけてくる。

『アンジェリカたちを奪うと言われ激怒したのですか？』

「――五月蠅い」

『激怒するくらいなら、目の前でミレーヌを口説くのを止めた方がよろしいですよ』

「だからアレは、安心させるためだと言っただろうが」

『普段から口説いていますが？　まぁ、それよりも全て終わったようです』

遠くからグレッグの声が聞こえてきた。

「お〜い！」

グレッグはジルクのエアバイクの後ろに乗っており、空を見上げるとアインホルンやクリスの乗った鎧も見える。

どうやら、しっかり働いてくれたらしい。

俺はルトアートが消えて、残った魔装の破片を見る。

「それにしても、あいつらこんな物をどこから持ってきたんだ？」

『ラーシェル神聖王国が怪しいですね。それはそうと――』

ルクシオンは、本体を上空に呼び出すと――レーザーを照射して転がっていた破片を消滅させた。

『――これでスッキリしましたね』

やり切った感じを出す相棒に、俺は呆れてため息を吐く。

「お前は変わらないな」

見上げると、巨大な宇宙船は光学迷彩で周囲の景色に溶け込んでいた。

僅かに違和感を覚える程度で、言われなければ普通の空に見えるだろう。

俺はライフルを肩に担ぐ。

「魔装もヘリング以外は脅威じゃなかったな。これなら、黒騎士の爺さんの方がまだ恐ろしかったよ」

俺の感想に、ルクシオンは持論を述べる。

『魔装の破片の大きさも関わりますが、使用者のスペックにも大きく影響を受けていると思います』

「ルトアートが弱いから、魔装で化け物になっても弱かったのか？」

『扱い切れない大きな力に手を出した代償でしょう。そもそも、魔装などに頼るのが間違っているのです』

大きな力を手に入れた代償、か。

そしたら俺は、ルクシオンを手に入れて何を代償にしたのか？

それとも、これから何かを失うのだろうか？

――まぁ、深く考えても仕方がないし、俺には似合わない話だな。

◇

「俺を騙したな、ローランド！」

謁見の間。

玉座に座って脚を組んでいたローランドに詰め寄る俺は、胸倉を掴み上げて叫んでいた。

何しろ、もう長くないと思っていたローランドが、騒動が終わって片付けも大体終わった頃に元気な姿を見せれば当然だ。

ローランドは俺に胸倉を掴まれているのに、随分と楽しそうだ。

「論功行賞の場で不敬極まりない言動だが、今日は気分がいいので許してやろう」

王都で起きた暴動が鎮圧され、論功行賞が行われることになった。

だから、今は鎮圧に参加した貴族や兵士たちの姿もある。

そんな彼らも毒で瀕死《ひんし》だったローランドが現れ、面食らっている。

側にいた王族も同様だ。

ミレーヌさんは両手で口元を押さえているし、ユリウスやジェイクは――「あ〜、やっぱり」みたいな顔をしていた。

こいつらはローランドが殺そうとしても死なない男だと思っていたらしい。

バーナード大臣など、呆れ果てたのか無関心という顔をしている。

俺はローランドを問い詰める。

「毒で死にかけていたのは嘘だったのか!?」

「馬鹿者。毒を盛られたのは事実だし、体調不良も真実だ。だが、全てが終わると不思議と元気を取り戻してね。その間、皆には苦労をかけたと心を痛めているよ」

嘘くさい台詞に腸《はらわた》が煮えくりかえる思いだ。

「お前――俺を騙したのか」

「覚えておけ、小僧。世の中、騙される方が悪いのさ。そんなお前の献身には私も一定の評価をしている。無事にラーシェルの野望を砕き、王都に潜んでいた厄介者たちを排除した功績は認めよう」

ニヤニヤしているローランドを見て、俺は冷や汗が噴き出してきた。

「ちょっと待って」

「残念ながらそのお願いは聞けないな。――バルトファルト侯爵は、今回の功績で公爵に陞爵《しょうしゃく》させる！」

「なっ!?」

これ以上の出世はしないだろうと思っていたが、更に上の爵位を手に入れてしまった。

ローランドは俺を手で押しのけると、玉座から立ち上がって楽しげに振る舞う。

「喜べ、小僧！　ラーシェル神聖王国は、お前に聖騎士を倒されて怒りが限界を超えたそうだ。懸賞金の額を神聖王の命令でつり上げて一千万ディア相当らしいぞ。この額は近隣諸国でも例がない。凄いな、有名人！」

一千万ディア。日本円で考えれば十億の賞金が俺にかけられた。

ラーシェル神聖王国が計画の失敗を知り、即座に俺の懸賞金額をつり上げたらしい。

「い、一千万」

嬉しそうなローランドの顔が憎くて仕方がない。

ヨロヨロと後ろに数歩下がると、ローランドが近付いてきて俺の肩に手を置いて耳打ちしてくる。

「面倒な仕事を片付けてくれてご苦労だった。昇進してレッドグレイブ家と並んだ気分はどうだ？　是非とも聞かせて欲しいな」

「――最悪だ」

ローランドを睨み付けると、本人は憎たらしい満面の笑みを見せる。

「お前のその言葉を聞くために頑張った甲斐があったよ」

周囲がローランドを見て複雑な顔を見せる中で、俺だけはこいつに必ず復讐してやると誓った。

◇

「ローランドは俺の敵だ」

論功行賞が終わり、控え室に戻った俺は椅子に座って猫背になって手を組んでいた。

いかにして奴に復讐してやろうか考えていると、部屋にいたリビアが困ったように微笑んでいる。

「陛下を敵呼ばわりするなんて、リオンさんくらいですよ」

「あいつは大勢に恨まれているから、みんな裏で文句を言いまくっているよ」

あの糞野郎は面倒事を全て俺に押しつけ、自分は休んでいたわけだ。

それを知った謁見の間にいた人たちは、苦虫をかみ潰したような顔をしていたよ。

ミレーヌさんなんて、無表情で冷たい視線をローランドに向けていたな。

汚物を見るような目だろうか？

完璧なミレーヌさんに欠点があるとすれば、旦那がローランドという一点のみだろう。

部屋にいて背もたれを抱え込むように座るノエルは、俺のローランド嫌いを笑っている。

「リオンは嫌かも知れないけどさ。王様を相手にあんなことが許されるのは、認められている証拠だよ」

「その結果が公爵だ。アンジェの実家と並ぶとか、俺は人生をどこで間違えたのかな？」

遠い目をして窓の外を眺めれば、ノエルが肩をすくめる。

「そんなに出世が嫌なの？　ここまで出世したら誤差みたいなものじゃない？」

「侯爵と公爵の間には大きな差があるんだよ！　——あれ？　あるよね？」

壁を背にして腕を組んでいるアンジェに助けを求めれば、俺の認識が間違いでないことを説明してくれる。

「誤差ではないよ。今の王国に領主貴族の公爵家は三家だ。私の実家であるレッドグレイブ公爵家と、旧公国であるファンオース公爵家。そして、リオンのバルトファルト公爵家だ。王国に仕える領主貴族としては、三人しかいない公爵の一人になったわけだな」

公爵よりも更に上には、一つの国家と見なされる大公家が存在する。

だが、今のホルファート王国に大公家はない。

つまり、俺は爵位だけなら王国で数人しかいない地位に並んだわけだ。

俺は頭を抱える。

「こんなの酷いよ。俺は頑張ったのに、出世させるなんて鬼だ」

俺が嘆いていると、アンジェが何とも言えない顔をしていた。

「頑張った結果出世したのだろう？　そもそも、リオンはやりすぎだ。ルクシオンの性能を見せつけて何がしたいんだ？」

部屋の中に浮かんで俺たちを見ているルクシオンに、俺たちの視線が集まると本人も呆れていた。

『マスターに深い考えがあると思う方が悪いのです。ローランドが瀕死の状態で、最後の頼みだからと全力を出したのがいけませんでしたね』

「まさかお前、ローランドが無事だと知っていたのか？」

『いえ、ローランドは毒に侵されていましたよ』

「え？」

◇

リオンが出世に苦悩している頃。

ローランドは自室で酒を飲んでいた。

「あの小僧の顔を見たか、フレッド！　かーっ！　今日の酒は最高だな！」

ローランドが一緒に酒を飲んでいるのは、毒を調合した友人のフレッドだった。

どうしてローランドとフレッドが、昼間から一緒に酒を飲んでいるのか？

それには理由がある。

フレッドがローランドに泣きついていた。

「もう二度とあんなことはごめんですからね！　私に毒を調合させて、あの女に渡せと言われた時は正気を疑いましたよ」

フレッドが調合した毒だが、ローランドの指示でメルセの手に渡っていた。

ローランドがグラスの中にある琥珀色《こはくいろ》の液体を眺めながら、作戦の成功を祝う。

「素晴らしい毒だった。おかげで小僧を騙すことができたし、私は面倒な暴動騒ぎを回避してベッドの上だったからね」

ローランドは今回の騒ぎを事前に察知しており、友人のフレッドも使って敵の作戦を利用していた。

自らが毒を飲み、リオンに全て解決させたのもローランドの企みだった。

「こっちは生きた心地がしませんでしたよ！」

フレッドはやけ酒なのか、酒を一気に飲み干す。

ローランドが友人の空いたグラスに酒を注《そそ》ぎつつ、意味深げなことを話す。

「まぁ、初手はこんなものだろう。おかげで計画の第一段階はクリアできた。フレッド、お前のおかげだ」

褒められるフレッドだが、少しも嬉しそうではない。

「また悪巧みですか？　陛下も飽きませんね」

何か悪いことを企んでいると言われて、ローランドは微笑む。

「一世一代の悪巧みだよ。最近は色々と物騒だからな。精々、小僧には今後も頑張ってもらうとするさ」

何やらリオンに対して企んでいる様子だった。

◇

学園の廊下。

クレアーレを連れて歩いているのは、背伸びをしているマリエだった。

その隣にはエリカも一緒に歩いている。

マリエとクレアーレは、今回の騒動について話をしていた。

「今回も何とか切り抜けたわね」

『そうね。相変わらずマスターは昇進して不本意そうだけど』

「あの馬鹿兄貴も、出世くらい喜べばいいのよ。何が俺は出世したくない～よ。何が不満なのか理解できないわ」

『マスターもマリエちゃんのことを理解できないと言っていたし、本当に似た者同士よね。観察していて楽しいわ』

「馬鹿兄貴と似ているとか本当に迷惑なんですけど」

不満そうなマリエは、自分たちを見て楽しそうにしているエリカが気になった。

慈愛に満ちた微笑みを向けられるマリエは、居心地が悪くなる。

(う～ん、見た目は年下なのに、中身は年上とかどう接すればいいのかしら？)

同じ転生者ではあるが、中身はエリカの方がずっと年上だ。

エリカとの距離感についてマリエは悩んでいた。

そんな二人が並んで歩いている姿を、クレアーレは楽しそうに見ている。

『それにしてもエリカちゃんも転生者だなんて凄いわね。転生者多くない？　何か法則性でもあるのかしらね。今度じっくり体を調べさせてよ』

興味津々のクレアーレに、マリエは呆れて横目で見る。

「王女様にもちゃん付けなの？」

『私にとっては王族なんて関係ないもの』

クレアーレにとって王家は重要ではない。

エリカは少し困ったように笑う。

「時間がある時なら」

『いいの！　やった！』

喜ぶクレアーレにマリエは自重を促す。

「あんた、この前兄貴に叱られたばかりじゃない！　変なことをしたら、今度こそ解体されるわよ」

『精密検査をするだけよ。それに、マスターは口では色々と言うけどそこまでしないわよ』

騒がしいマリエとクレアーレを見ていたエリカが、リオンの話に興味を示す。

「公爵様はどんな方なのですか？」

首をかしげて問われたマリエは、その仕草に何故か懐かしさを覚えた。

前世の娘を思い出して、胸が痛む。

「――まぁ、優しいというか甘い？　手の平の上で転がしている間は、都合が良い兄貴よね。暴走すると手が付けられないけどさ。おかげで何度も大変な目に遭わされたし」

(あの子もこんな仕草をよくしていたわね)

『マリエちゃんはマスターに何度も煮え湯を飲まされたものね』

「五月蠅いわね」

クレアーレの茶々にイライラしつつ、マリエは自分たちの前世について話をする。

「私も兄貴も前世であの乙女ゲーをプレイして、死んだらこっちに来たってわけ。あんたも同じよね？」

「――ええ、三作目だけはプレイしました」

「私はまともにクリアしたのは二作目だけね。一作目は本当に難しくて、兄貴に押しつけたのよ。そしたらあの馬鹿、徹夜を続けて階段で転んで死んだのよ。本当に馬鹿でしょ」

リオンを馬鹿にするような話をするマリエだが、その表情は暗かった。

原因を作った自分の行動を後悔している。

そんなマリエの心情を、エリカが見抜いてしまう。

「お兄さんのことが好きだったんですね」

「はぁ？　人の話を聞かない奴ね。馬鹿兄貴とは前世からの腐れ縁よ」

リオンがこの場にいれば口喧嘩が始まっていただろうが、この場にはいないためマリエは少しだけ物足りなさがある。

「ずっと後悔していたんじゃないですか？　自分がお兄さんを殺してしまう原因を作った、って」

「そ、それは」

「私から見ればとても仲の良い兄妹に見えますよ」

「今は他人だし！」

リオンと仲が良いと言われて恥ずかしかったマリエは、とりあえず否定しておいた。だが、よく考えると答えになっていない。

それに気付いてムスッとするマリエを見て、エリカが確信を得た顔をする。

「その怒り方、本当に相変わらずですね」

「――何よ？」

まるで昔から自分を知っている風なエリカに、ちょっとだけ苛ついたマリエは鋭い視線を向ける。

すると、エリカが立ち止まる。マリエが気付かず先に進む。

「母さんが元気そうで良かった」

一瞬マリエは何のことが理解できずに、立ち止まってエリカに振り返った。

エリカの立ち姿を見て、ようやく今まで抱いていた違和感に気付く。

普段なら「は？　何？」と嫌そうな顔をしていただろうが、マリエの頬に涙が伝う。

「う、嘘よね？」

エリカは頭を振ると、その長く癖のある髪が揺れた。

「お調子者で優しい母さん。最初にそうじゃないかと思っていました。ただ、確信が持てませんでした。でも、お兄さん――伯父さんの話を聞いて間違いないと思いましたよ」

兄にゲームを押しつけて殺してしまったなど、ありふれた話ではない。

マリエが口元を手で押さえて泣きたいのを我慢する。

前世の娘の名前が思い出せないが、確かにエリカに娘の面影が重なる。

「ど、どうして気付いて――」

自分にどうして気付いたのか？　尋ねようにも言葉が出てこなかったが、エリカが察して答えてくれる。

「ずっとそんな気がしていましたよ。王宮にも聖女様や男爵――今の公爵の話は入ってきますからね。何となく母さんのような気がしていました。それで、出会ってみたら仕草がよく似ていて」

実際に会う前に、エリカはマリエが前世の母親だと察したらしい。

マリエがエリカに抱きつく。

「先に言ってよぉぉぉ!! 私、私はぁぁぁ!!」

すがりついて大泣きするマリエを、エリカは優しく抱きしめた。

「ごめんね、母さん」

まるで幼子をあやす母親のような雰囲気を見せるエリカに、側に浮いていたクレアーレはクルクルとその場で回転する。

『マリエちゃんの方が子供みたいね』

エピローグ

王都にある酒場。

仕切りが置かれて個室になっている部屋で、俺はある人物と向き合っていた。

俺の隣に控えて殺気を放っている相棒のルクシオンが、赤いレンズを怪しく光らせている。

『マスター、攻撃許可はいついただけるのですか？』

「誰がそんな話をしたよ？　今日は話し合いをするって言っただろうが」

向かい合う相手の方も大変だ。

ヘリングの相棒であるブレイブが、こちらを血走った目で見てくる。

『相棒！　毒を盛られないか注意しろよ。料理は全部俺が毒味するからな！』

「それはお前が食べたいだけじゃないのか？」

喧騒に包まれる店内は、少し前に王都中で騒ぎがあった後とは思えない。

賑やかな店内で俺たちのことを気にする奴らは少ない。

そもそも仕切りがあって、俺たちの様子は外から見えないからこの店を選んだ。

俺はヘリングに切り出す。

「さて、腹を割って話し合おうじゃないか。お前、そもそも何で俺を怪しいと思った？　入学式当日か？」


に俺たちを探っていたよな？」

ヘリングは飲み物に口を付けながら、俺の疑問に対してこう答える。

「あの乙女ゲーにバルトファルトなんて英雄は存在しなかった。この意味、お前には理解できるか？」

試すような物言いで全てを察する。

「お前も転生者かよ」

俺の反応に自分の考えが正しかったと思ったのか、ヘリングは続きを話す。

「俺の目的はミアを守ることだ」

「主人公を？」

「守護騎士って知っているか？　帝国では身分や地位の高い女性を守る騎士なんだが、俺はミアの守護騎士に立候補した」

「おかげで俺もお前が怪しくて仕方なかったぞ。守護騎士なんて、あの乙女ゲーにいなかったろ」

「こっちは古い歴史がある制度なんだけどな」

俺はミアちゃんの事情について話をする。

「皇帝の隠し子だからついてきたのか？」

「そこまで知っているのか？」

「俺は知らない。知っているのはマリエの方だ」

「あの偽者の聖女様か」

ヘリングが偽者と言いながら、頭が痛いのか手で額を押さえていた。

そして、帝国にも俺たちの噂が聞こえていると教えてくれた。

「こっちにもお前らの噂は届いていたんだよ。あの乙女ゲーに外道騎士なんて英雄はいなかった。それに、偽者の聖女様も登場しない」

「それで俺たちを疑っていたのか？」

確かにこれから向かう場所に、本来いないはずの存在がいれば俺でも警戒する。

ヘリングの心配はもっともだ。

俺は背もたれに体を預けて、ヘリングの慎重さに呆れる。

「さっさと接触してこいよ！　それどころか、邪魔までするとか最悪だぞ」

俺の言葉が気に入らなかったのはブレイブの方だった。

『最悪なのはお前らだ！　移民船ルクシオン――旧人類が残した最悪の兵器だぞ！』

最悪の兵器と呼ばれたルクシオンが、カチンときたようでブレイブに言い返す。

『私は旧人類たちの希望を託された移民船です。最悪なのは私ではなく、そちらではありませんか？』

『戦闘に関して言えばお前は高機動戦艦に劣るが、それ以外のスペックは最悪だろうが！　俺はお前の同型艦とも戦ったことがあるが、二度とごめんだ』

あんなに強い魔装のブレイブが、ルクシオンの同型艦とは戦いたくないと言い切るのか。

しかし、ルクシオンが赤いレンズを光らせる。

『――それはつまり、宇宙へ逃げ出す私の同型艦に攻撃を加えたと？　非戦闘員を乗せた船を攻撃するとは、新人類らしいですよ』

『お前らがそれを言うのか？』

激高する二人に呆れる俺とヘリングは、互いに顔を見合わせて肩をすくめる。

「ルクシオン、もういい。話が進まないだろうが」

『相互理解を深めるだけ無駄です。マスター、新人類の遺物を殲滅《せんめつ》する許可を』

「駄目だと言っただろうが」

ヘリングの方もブレイブを説得している。

「黒助、もう昔の話だろ？　それに、今はミアを救いたい」

『――あぁ、そうだったな』

ミアちゃんを救う？

そういえば、マリエが気になる話をしていたな。

本来活発で元気な女の子だったらしいが、何故か体が弱っていて激しい運動をすると発作が起きて苦しみ出す、と。

あの乙女ゲーから随分とかけ離れた設定が気になっていた。

「主人公――ミアちゃんは体が弱いのか？」

ヘリングはブレイブに飲み物を渡していた。ブレイブはストローでジュースを飲みながら、俺の方を睨んでいる。

「去年までは元気だった。だが、時々呼吸困難になることがある。帝国の名医にも診てもらったが、原因は不明のままだ」

「原因が分からない？」

「魔力を与えれば発作は和らぐから、治療魔法自体は効果があるんだよ。ただ、根本的な治療はできていないんだ。改善の兆しはないのに、徐々に悪化しているそうだ」

「そんな状態で留学させたのか？」

「俺だって休ませたかったさ。だけどな――こっちにはミアにとって大事なイベントがある」

「イベント？」

マリエもミアちゃんは去年から体調を崩すようになったと言っていたが、まさか原因不明の病気とは思わなかった。

逆に、悪役王女様の方は病弱設定から解放されて元気になっているらしいが――何が起きているのだろうか？

ヘリングはミアちゃんの重要なイベントについて話をする。

「中盤に覚醒イベントがある。王都にあるダンジョンに遺跡があるらしいんだが、それに触れるとミアの能力が覚醒する」

覚醒イベントについてはマリエから何も聞いていない。

「俺は知らないな」

「結構重要なイベントなのにか？」

え、お前知らないの？　などという感じでヘリングに見られ、俺は少し腹が立った。

「俺はあの乙女ゲーを一作目しかプレイしてないの！　お前こそ、どれだけあの乙女ゲーをやり込んでいるんだよ」

男のくせに、と言おうとしたがこの台詞は俺にもブーメランで返ってくる。

それに、ヘリングの前世が男とも限らない。

慎重に言葉を選んでいると、ヘリングはあの乙女ゲーを知っている理由を俺に話す。

「妹がプレイしているのを側で見ていたからな。どんな話だったか楽しそうに話してくるから、俺も覚えていたんだよ」

「妹と仲が良いのか？　信じられないな」

マリエという妹がいた俺からすれば、信じたくない話だ。

わがままで自己中で、とにかく妹というのは兄にとっては敵である。

俺が露骨に嫌そうな顔をしていると、ヘリングは話を強引に戻す。

「――まぁ、ミアにとって重要なイベントがある。ゲーム的にはステータスが上昇するわけだが、それを利用して病気の治療ができないか試したい」

それを聞いて、ルクシオンが水を差す。

『治療に繋がらない場合もありますね。最悪、病状が悪化する恐れもありますが』

「おい」

俺がルクシオンを止めると、ヘリングは俯いていた。

どうやら、その可能性も考慮しているらしい。

「お前の相棒が言う通りだよ。最悪の場合もこっちは考えている。だから、俺には王国での調査も命令されていたんだ。ミアの治療に繋がる情報があれば、とにかく集めろと」

ヘリングに命令できるとなれば、帝国でもかなり上の地位にいる存在だろうか？

何しろミアちゃんは皇帝の隠し子だからな。

わざわざ守護騎士を用意するくらいには、帝国はミアちゃんを重要視しているということになる。

この辺りもあの乙女ゲーと違うな。

俺はルクシオンを横目で見る。

「ミアちゃんの治療はお前なら可能か？」

治療ができるのかを問えば、ヘリングが顔を上げてルクシオンを凝視した。

ルクシオンの持つ技術に期待しているのだろう。

『――診察しなければ何とも言えませんね。ただ、そこにいる魔装のコアよりも頼りになることは間違いありません』

ブレイブと競い合うルクシオンの姿は、何というか人間くさい。

ブレイブが激怒しているのか、表面を刺々しくしていた。

『お前なんかに大事なミアを任せられるか！』

『そうやって助かる可能性を捨てるのですか？　理解できない思考です。やはり、魔装のコアは駄目ですね』

またしても喧嘩を始めようとするルクシオンを俺が掴んで止めると、ヘリングもブレイブを掴む。

互いに相棒には苦労しているようだな。

「まぁ、診察は今度するとして、お前が俺たちに敵対するつもりがなくて安心したよ。お前とは二度と戦いたくないからな」

そう言うと、何故かヘリングが顔をしかめる。

「俺もお前とは戦いたくない。そもそもあの鎧はおかしいだろ」

アロガンツをおかしいとは失礼な奴だ。

「お前の方が強かっただろうが。こっちは色々と頑張ったのに武器は壊されるし、弾は切れるし、もう焦りまくったぞ」

「馬鹿を言うな。次々に武器を取り替えて襲いかかってくるお前に、こっちがどれだけ冷や汗をかかされたと思っていやがる」

アロガンツの特徴は多彩な武器を使用することにあるが、それを全て対処された俺からすればヘリングの言葉は嫌みに聞こえる。

「お前の方が卑怯だろうが。俺は殺されるかと思ったぞ」

すると、ヘリングがテーブルに拳を振り下ろした。

「俺は殺されかけたんだよ！　お前の鎧が最後に叩き込んだ必殺技か？　あれのせいで、黒助もボロボロにされたんだぞ」

「こっちはフルパワーで叩き込んだのに、大したダメージもないから慌てたんだぞ。これはもう勝てないな〜ってさ」

「死にかけたって言っただろうが！　それに俺は、手加減するつもりだった」

「ふざけんな！　あれで手加減!?　こっちは殺されると思ったぞ！」

ヘリングと一緒に騒いでいると、店員が俺たちの個室にやって来る。ルクシオンもブレイブも気を利かせたのか、机の下に潜り込んで隠れていた。

「あの〜、もう少し静かにしていただけるとありがたいのですが」

申し訳なさそうな店員に、俺もヘリングも謝罪をする。

「すみません」

「気を付けます」

店員が出て行くと、俺たちは互いに反省して少し落ち着くために飲み物を口にする。

「この話は今度にするとして、お前たちはミアちゃんを助けたいから留学したんだな？　他に目的はないよな？」

ヘリングとブレイブの目的を確認すると、二人は同時に頷いた。

こいつら仲がいいな。

「そうだ」

『ミアさえ無事なら、こんな国になんか来るかよ』

不満そうなブレイブは放置するとして、これなら俺たちは争う理由がない。

これを知れただけでも収穫だろう。

「それならこっちも問題ない。遺跡の件は手伝ってもいいし、何かあれば手を貸そう」

俺から歩み寄ると、意外にもヘリングの緊張した様子にほころびが生まれる。そして、俺を不思議そうに見て尋ねてくる。

「いいのか？」

「何が？」

「いや――俺は外道騎士と呼ばれるお前が、もっと質の悪い人間だと思っていたんだ」

ヘリングは俺に申し訳なさそうにしながら、王国に来る前の俺の噂話をする。

「帝国に伝わっていた噂では血も涙もないって話だったからな」

「噂なんて当てにならないな。ちなみに、どんな噂だ？」

自分の噂話に興味を持つと、ヘリングは言い難そうにするが教えてくれる。

「怒るなよ？　自国の王子を決闘の場で叩きのめしたって噂が届いていた。今にして思えば、そんなのあり得ないけどな」

――五馬鹿との決闘騒ぎだろうか？　ヘリングはあり得ないと言っているが、実際に俺はやっている。

「間違いだ」

「そうだろうな。流石に王子を叩きのめさないよな」

「いや――叩きのめしたのは、一作目の攻略対象五人だ」

「は？」

俺が何を言っているのか理解できていないヘリングに、ルクシオンが詳しい説明をする。

『マスターはユリウスを含めた貴公子たち五人を公衆の面前で叩きのめしました。アロガンツの圧倒的な性能の前に、あの五人は無力でしたね』

当時を思い出す俺は、懐かしい気持ちになる。

「スカッとしたよな」

『はい』

俺とルクシオンがそんなことを言えば、ヘリングが慌てて次の噂話について確認してくる。

「な、なら、共和国の話はどうなっている？　六代貴族の一人に喧嘩を売ったのは本当なのか!?」

アルゼル共和国で喧嘩を売ったのは間違いだ。

「違う」

「そ、そうだよな。流石に留学先で喧嘩は売らないよな」

安堵するヘリングに、俺は詳しい事情を説明してやる。

「売られた喧嘩を買っていたら、六代貴族のほとんどを敵に回しただけだ。ちなみに、崩壊の原因は俺じゃないぞ。クーデターが起きたから鎮圧目的で動いたら共和国が崩壊していただけだ」

言葉もないヘリングの側にいたブレイブが、小さな手で服を引っ張っていた。

『相棒、こいつ噂より酷いぞ』

そんなブレイブの言葉に腹を立てたのは、今日に限って忠誠心が高いルクシオンだった。

『聞き捨てなりませんね。マスターの酷さがこの程度で終わるとでも？　まだ噂になっていない酷さは語っていませんよ』

「よし、お前は黙れ」

忠誠心に目覚めたかと思ったが、どうやら俺の勘違いだったらしい。

ヘリングが俺を見てドン引きしている。

「噂より酷いとは想定外だ」

何故か余計に警戒されてしまったようだ。

◇

学園に戻ってきた俺は、待ち構えていたマリエに捕まる。

「遅い！　門限はとっくに過ぎているじゃない！　もしかして、お酒を飲んでいたの!?」

酒場にいたので臭いがするのだろうが、俺は基本的にお酒に興味がない。

「俺は二十歳までお酒は飲まないよ」

「馬鹿みたいな返事ね。こっちではもう合法よ」

「俺は自分の中のルールに従って生きているんだ。それで、何か用か？」

くだらない会話を切り上げて、さっさと部屋に戻りたいと態度に見せるとマリエが目に涙をためていた。

手を握りしめて俺に自分の真剣さを訴えてくる。

「兄貴、あのね。――エリカが私の娘だったの！」

マリエの話を聞いて、俺は欠伸《あくび》をする。

側にいたルクシオンが、マリエを心配していた。

『酒に酔っての発言ではないとすると、記憶の混乱でしょうか？　マリエ、頭を強く打ったのですか？』

「酔ってねーし、頭も打ってないわよ！」

ルクシオンに怒鳴るマリエを見て、俺は笑う。

「だったら余計に重傷だぞ。そもそも、エリカ王女はミレーヌさんの実子でお前の娘じゃないから。お前の娘扱いは不敬だろ」

そう言うと、マリエが俺のすねにローキックを放ってくる。

「痛っ！」

あまりの痛さに涙目になる俺をマリエが睨んでいた。

「どういう意味よ？」

「いえ、あの。あまり外で聞かれるとまずい話という意味でして――た、他意はないです」

何故か敬語になってしまったが、今のマリエには有無を言わさぬ迫力があった。

謝罪をする俺を見て、ルクシオンが愉快そうにしている。

『口調からは他意があるように聞こえましたが？』

「お前はマスターを守る気持ちがないのか？」

ルクシオンとの会話を続けようとしていると、マリエが手を叩いて俺たちの視線を自分に向かせる。

「いいから聞きなさいよ！」

渋々とマリエの話を聞くことにした俺たち。

マリエは本当に真剣な表情をしていた。

「娘は娘でも、前世の娘よ。つまり、兄貴にとってエリカは前世の姪《めい》なのよ」

「――は？」

一瞬信じられなかった俺だが、以前にマリエには娘が一人いるという話を聞いていた。

マリエに似ず優しい子だったと聞いていたが、その子のことだろうか？

「いや、どうして姪っ子？　ほ、本当に？」

「確認したから間違いないわ」

「いつ死んだ？」

「本人は六十歳くらいまで生きたって言っていたけど、何で気になるの？」

「俺たちの二つ下だぞ」

俺たちよりも何十年も後に死亡したのに、転生したのが俺たちの二年後？

混乱する俺だったが、それはマリエも同じだった。

「私も詳しく知らないけどさ。本人で間違いなかったわよ」

俺たちが疑問に思っている点を、ルクシオンが簡単に説明する。

『マスターとマリエが同級生という時点で、この話題を議論するのは無意味ですね。時間的な制約は存在しないのではないですか？』

転生者については俺たちも詳しいことは分かっていない。

どうして俺たちがこの世界に転生したのか――そんなの分かるはずもない。

何しろ、気付いたらこの世界で生きていたのだから。

ルクシオンは転生者に興味を示す。

『しかし、何かしらの法則性があるなら大変興味深いですね。詳しい調査を続けるとしましょう』

それよりも、俺が気になるのはエリカのことだ。

「俺の姪っ子は悪役王女かよ」

これからどうなるのだろうか？

あとがき

作者の三嶋与夢です。

毎回あとがきに悩む自分ですが、今回ばかりは大丈夫！

まずは九巻についてですね。

いよいよリオンたちも三年生になり、あの乙女ゲー三作目に突入しました。

毎回のように思う通りにいかないリオンとマリエですが、今回も協力して困難？　に立ち向かっております。

作者として思うのですが、リオンとマリエは相性がいいですね。

書いていても台詞が自然と出てきますし、そんな二人に嫌みを言うルクシオンも自分は大好きです。

そんなリオンとマリエですが、マリエルート（アンケート特典）では更に相性のよさを発揮して活躍しております。

Ｗｅｂ版、そして書籍でも書いていない設定を出しているので、気になる読者さんは是非ともアンケートに答えてアンケート用特典ＳＳをチェックしてみてください。

さて、今回一番気になる話題にも触れていこうと思います。

乙女ゲー世界はモブに厳しい世界です――アニメ化します!!


まさか、本当にアニメ化していただけるとは自分でも思いませんでした(汗)。

これも応援してくださった読者さんたちのおかげです。

本当にありがとうございます。

アニメで動き回るリオンやルクシオンの活躍が見られると思うと、原作者ではありますが読者の皆さんと同じで今から楽しみです。

自分は運がいい方なので、幸いなことに周囲の方に恵まれました。

編集さん、イラストレーターさん、漫画家さん――等々。

周囲の方に助けられてのアニメ化だと思っています。

普段はあとがきで関係者さんたちの話題に触れないようにしているのですが、アニメ化したのも周囲で支えてくださった方々のおかげです。

この場を借りてお礼申し上げます。

もちろん、一番大事なのは読者さんの応援ですけどね。

アニメ化も皆さんと一緒に手に入れたチャンスだと思っております。

長々と書いても面白くなりそうもないので、今回はここまでとさせていただきます。

それでは、今後とも応援よろしくお願いいたします。

脱法テイマーの成り上がり冒険譚
～Sランク美少女冒険者が俺の獣魔になっテイマす～
すかいふぁーむ
イラスト 大熊猫介
聖女様も！
～Sランク美少女冒険者が
俺の獣魔になっテイマす
テイムして強くなれ！
ファンタジー!!

GC NOVELS
GOT A CHANCE
5級冒険者も！
1～2巻
大好評発売中！
女の子を
ちょっと(?)
Hな成り上がり

アニメ放送開始!!
『わしゔこく!』

2022年1月TV
賢者の弟子を名乗る賢者
She professed herself pupil of the wise man.
りゅうせんひろつぐ／著
story by hirotsugu ryusen
藤ちょこ／イラスト
illustration by fuzichoco
①～⑯巻 好評発売中!

GC NOVELS

乙女ゲー世界は★09 THE WORLD OF OTOME GAMES IS A TOUGH FOR MOBS. モブに厳しい世界です

2021年12月6日初版発行

著者　三嶋与夢《みしまよむ》

イラスト　孟達《モンダ》

発行人　子安喜美子

編集　伊藤正和

装丁　森昌史

印刷所　株式会社平河工業社

発行　株式会社マイクロマガジン社
〒104-0041　東京都中央区新富1-3-7　ヨドコウビル
［販売部］TEL 03-3206-1641／FAX 03-3551-1208
［編集部］TEL 03-3551-9563／FAX 03-3297-0180
https://micromagazine.co.jp/

ISBN978-4-86716-214-9　C0093

ファンレター、作品のご感想をお待ちしています！

宛先　〒104-0041　東京都中央区新富1-3-7　ヨドコウビル
株式会社マイクロマガジン社　GCノベルズ編集部「三嶋与夢先生」係「孟達先生」係

THE WORLD OF OTOME GAMES IS A TOUGH FOR MOBS.